想我眷村的兄弟們

朱天心　著

麥田文學　1

麥田文學 1

想我眷村的兄弟們

作　　者　朱天心
發 行 人　蘇拾平
出　　版　麥田出版有限公司
　　　　　台北市新生南路二段82號6樓之5
　　　　　電話：396-5698　傳真：341-0054
總 經 銷　農學社　電話：917-8022
電腦排版　文弘企業有限公司
印　　刷　世和印製企業有限公司
登 記 證　行政院新聞局局版臺業字第5369號
初版一刷　1992（民81）年5月1日

典藏本　ISBN 957－708－000－6
平裝本　ISBN 957－708－001－4

售價：典藏本　240元
　　　平裝本　140元

目錄

一則老靈魂

朱天心小說裡的時間角力

張大春

故事如果從特洛伊城之戰說起，恐怕篇幅會拖得太長；但是事情遠比派里斯王子愛上世界第一美女海倫之後的種種滄桑還要悠遠而繁複。所以朱天心《想我眷村的兄弟們》不該衹被看成是「眷村文學」的代表作，收在這個集子裡的六篇小說其實還容有一個共同的基調——老靈魂（這個詞彙是〈預知死亡紀事〉這篇作品裡的一個分段標題）；老靈魂是試圖凍結或滯止時間的渴望，也是透過虛構重塑歷史或記憶的載體。它可能自有人類以來便潛密地蟄伏於某一被稱爲「心靈角落」的所在，隱然抗斥著那些用日晷、沙漏、機械長短針或石英振盪頻率所計算、分割的人生單位。正由於在活生生的現實處境中沒有人能構築小飛俠潘彼得的世界，老靈魂才得以在每個不再聆聽以「很久很久以前……」爲卷首之童話故事的讀者——或是不再書寫以「時光荏苒，歲月如梭」爲篇首之作文的作者；的心裡製造夢魘和啓悟。

在古羅馬詩人霍雷斯（Quintus Horatius Flaccus, BC65－BC8）的《歌集》第一卷裡曾經出現過一位預言家納萊烏斯，他在派里斯王子誘拐海倫潛離希臘時就曾預知特洛伊城的毀滅。維萊烏斯在十九世紀的第一個十年裡進入歌德筆下的世界，變成一位賢良、和善、充滿溫情的海中老人。於是我們在《浮士德》的第二部末章〈愛琴海的巖灣〉中讀到了這樣的句子：

或許夜行者
把這月暈叫做氣象，
但是我們精靈看法不同，
衹有我們持有正確的主張，
那是嚮導的鴿群，
引導著我女兒的貝車方向，

它們是從古代以來，
便學會了那種奇異的飛翔。

而朱天心又在將近一百八十年後把這些詩句移植到〈預知死亡紀事〉的篇末，使之悄然傳遞著「預言家／預言」（『作家／作品』）與時間角力的訊息。

引用這些詩句確乎有其絃外之音的意義——如果我們從《浮士德》想起的話；在這部鉅作第一部的〈書齋〉之二中，浮士德與魔鬼化身梅非斯特簽訂的口頭契約裡明訂：假如浮士德對「某一瞬間」表示了「請你停留，你眞美好」的意思，魔鬼便可以將浮士德綑縛起來，而後者「願意接受滅亡的果報」。在《浮士德》第二部的最後一幕裡，浮士德的「僕人」（子民）在他的想望中建築著樂園般的國土，以辛勤和操勞渡過他們的時光，於是浮士德不禁讚歎道：「你眞是美好無匹，請你駐留！」一方面，浮士德因觸犯契約禁忌而不得不死；另一方面，也祇有在死亡降臨的那一瞬間，浮士德對時間的呼喚獲得允諾——時間因死亡而眞地「駐留」下來。

貫穿《想我眷村的兄弟們》諸篇的基調正是某種近似浮士德式呼喚的情感。朱天心離開了「方舟上的日子」，不再「擊壤歌」之後，我們依然可以在《昨日當我年輕時》

、《未了》、《時移事往》乃至於《我記得……》等書（甚或祇是書名）中發現她對探索時間所消磨的一切事物——青春、情感、理想、肉體、人際關係以及政治現實等等；抱持了多麼濃烈且專注的興趣。

早在《擊壤歌》這部可能連作者都視之爲自傳式散文的作品裡，朱天心已經懵懵懂懂地暴露過她對時間的無法釋然；她一面說「這眞是個如此年輕的世界」（而且『高一的時候我是只打算活到三十歲』），一面又已經「總記得那年夏天我在正午燠熱的羅斯福路上打過一個冷顫」，或者是「我怕富貴繁華原一夢，更怕仍愛此夢太分明」般早熟地翫味起時間所經營的感性形式。

這個感性形式一直延續下來，即使這個世界已然並不「如此年輕」。讀者可以很輕易地讀出《未了》（一個記錄眷村小孩成長經驗的中篇小說）的敍述腔調有著一般少年啓蒙小說中所「不該有」的世故言說——朱天心在這篇作品中所使用的隱藏觀點（Concealed Perspective）彷佛出自一個敏感練達的眷村主婦（這位主婦還可能讀過不少張愛玲的名著）；之所以會運用這種敍述腔調，其實別具意旨：朱天心大約從這個階段起，已經試著利用敍述者之陌生化來讓自己抽離出原先那種單純的、童稚的、年輕卻又早熟的感性形式。這是民國七〇年左右的事。八年之後出版的《我記得……》則允爲朱天心開拓多樣題材、編納豐富現實的定位之作。

然而朱天心仍不能忘情於她和時間的角力。〈我記得……〉的主人翁自嘲說：「現在我們有資格腐敗了。」〈佛滅〉裡的主人翁演講時總喜歡引用的話是：「絕對、絕對，別信任三十歲以上的人。」當然，讀過〈淡水最後列車〉的人恐怕不會忘記：一個落魄、絕望、近乎癡獃的老人的悲情晚景之中，傷痛最深處居然是他那個冷漠的企業家兒子——他也是個中年人。

「中年」似乎是朱天心極其關切的一個場域，在這個場域中通過人性、道德、情感或現實考驗好像是非常困難的事。而朱天心筆下的中年人尤其艱辛的原因往往在於他們擁有良好的記憶，敏於偵知自己年少天眞的歲月裡所積累下來的一切都不能重新成爲驅動生命的活力。然而記憶卻又一再地催迫著中年人去珍視那些一去不返的事物。在一個消費時代的消費國度裡，那些瑣碎的記憶或許是唯一不會增值的東西，然而朱天心筆下的人物像蒐集骨董的玩家一般時時整理著自己的困境——而這困境經常是用一些凡夫俗子寧可遺忘的細節堆砌起來的：Jerry Lee Lewis的搖滾樂（〈我記得……〉）、蔣彥士楊惠姍朱高正等等的紫微命盤（〈去年在馬倫巴〉）、黑色絲質鑲有同色蕾絲的媚登峰內衣（〈鶴妻〉）、一首名叫「壽喜燒」的日本老歌（〈新黨十九日〉）……等等。這些連朱天心自己都不免藉敘述者之口稱之爲「垃圾資訊」的細節使大部分的中年人物像「處理廢棄資料的碎紙機」，那些被絞碎之後拼織成生命困境的記憶未必獨具何等精確的象徵意義，但是朱天心卻讓碎紙機一樣的角色在反芻這些記憶的行動中與「逝者如斯夫，不舍晝夜」的時間頑強地搏鬥著。這個搏鬥的情景在〈鶴妻〉裡表現得令人怵目驚心：一個擁有大量亡妻遺物的悼情鰥夫終於在囤積了滿屋子家用品的喪宅裡獲得「頓悟」（epiphany）；他從來未曾進入過妻子那不斷塡充物資的空虛世界；其情顯然和喬艾斯的〈逝者〉（The Dead）相彷。

在《想我眷村的兄弟們》裡，我們似乎讀到了《我記得……》所來不及「記得」的東西。〈預知死亡紀事〉固然在內容和寫作形式上都算不得〈鶴妻〉的續集，但是在某種神秘的氣氛裡，小說中的男主角「我」似乎是〈鶴妻〉裡那個懺情弗及的丈夫的翻版——或者補償，「我」對於他那帶著前世記憶的（老靈魂）新婚妻子依然充分「理解」（於是充塞在婚姻關係中的死亡預言有了庸俗的決裂恐慌），然而「我」卻透過體貼的疑慮將整個敘述推向另一個層次——一個《潘金蓮的前世今生》之流鄙艷媚俗的轉世投胎故事所不可能企及的境界；朱天心在這裡揭露了一個和《浮士德》相近的主題：死亡是永恆的起點。而死亡也是和時間角力的利器。

〈我的朋友阿里薩〉中的阿里薩從地中海的克里特島寄出的明信片上如此寫道：「但願我在衰老前死去。」，這話多麼像「我是只打算活到三十歲」，不過朱天心在活過了三十歲之後，藉阿里薩所表達的意旨已非眷戀青春而已，阿里薩舉槍自戕的解釋可以不一而足：他厭倦了影視圈裡不能「返樸歸眞」的虛矯溷跡、他憤懣於自己也是資本主義消費文明嚙蝕人性的同謀共犯、他始終無法忘情於生活一日便消磨一日的終極理想……每一個坐困電子時代視聽傳播愁城的讀者都可以簡約地理解阿里薩之死所寓涵的感傷情調；但是小說結尾時朱天心並未揭曉這些，她更世故（毋寧說有點狡猾）地讓謎底（也許）封存在一張寄自特洛伊城、尚未抵達台北的明信片上。從而阿里薩這個借自《愛在瘟疫蔓延時》的名字有了派里斯王子的意志——他「一夜交歡四次，而且不用保險套」的行徑（『在曼谷一名會說台語的妓女處，喪失了他堅守了三十幾年的童貞』）實則是在追逐色欲中逼近死亡。逼近死亡的誘因之一恐怕是「遠離下一代」。下一代的年輕人是阿里薩和敍述者老B羊無力應付的人種，也是他們存活的世界的主宰：「他們這輩的小孩習慣反叛一切事情，那自然也就無從發現一個自己想接近的目標；他們奉新鮮事物爲宗教，拒絕一切傳統（包括好的部分）。因此對人類偉大心靈長期所產生出的種種思想、藝術、價值觀……有種近乎不解、恐懼的冷漠；且因爲他們中心無主空空洞洞，只得不停地大量消費資訊，以爲自己果眞腦子滿滿全是思想。／他們甚至失去了使用感情的能力。」在這樣的新人類潮中，阿里薩、老B羊——再加上一個朱天心罷；終於發現「老年的第一個樂趣」是放棄事物，而且稱此一放棄並非投降，而是權利。老B羊（可能一如〈鶴妻〉和〈預知死亡紀事〉中的『我』）對這項發現的感覺是「無人（包括我的妻子）可分享的」。其中衹有阿里薩勇於用槍彈去爭取那徹底的「放棄的權利」。

我們或許永遠無法明白：是不是每一代的中年人都會感歎新人類潮「對人類偉大心靈長期所產生出的種種思想、藝術、價值觀……」都會有那種「不解、恐懼的冷漠」？然而朱天心卻彷彿是特別急切且焦慮的一代：「當她昨日年輕時」，就已經習於在小說的篇名上「用典」——像《擊壤歌》用的就是「帝力于我何有哉？」那份質樸而輕狂的舊典。〈十日談〉、〈去年在馬倫巴〉、〈鶴妻〉、〈佛滅〉更無一不有其文學、電影、童話或經籍故紙的出處。到了〈我的朋友阿里薩〉、〈預知死亡紀事〉、〈從前從前有個浦島太郎〉和〈袋鼠族物語〉分段標題之下的漢李延年〈佳人歌〉，朱天心傾心於「人類偉大心靈長期所產生的種種」已然極其明顯地暴露出一種不惜與不明白典故出處的讀者決裂的態度。朱天心悄然對那些曾經著迷於青春兒女之敏感多情事體的讀者宣布：今日我已不年輕了。

〈從前從前有個浦島太郎〉的原典是一則日本童話，童話中的太郎在龍宮中「玩得多麼愉快、吃山珍海味、又看盡多少奇珍異寶，日夜如夢一般飛逝……」然而在告別龍女的歸途中，太郎忘了禁忌，打開了龍女所贈的玉寶盒，「只見白煙裊裊昇空，太郎頓成了銀髮老公公。」到了小說裡，年老的寶將無意間發現多年前自己在當政治犯時所寄付家人的信件居然並未因當局審檢而失落，換言之：眞正「辜負」這個老社會主義理想家的竟然是他自己的妻、兒，朱天心在這裡勇敢地拆穿了八〇年代以降此間甚囂塵上的「政治受難家屬」的俗麗神話，（也因此而必須無畏於出自省籍情結轇轕而可能招致的譴責或撻伐）然而隱伏在更深處的似乎不祇是一個無力去掄劈「革命巨斧」的老左派在現實政治或政治現實中的自憐、懷舊或者無奈，更多的恐怕還是理想主義革命者察覺了

（玉寶盒中的）現實與歷史斷絕關係的奧秘；而現實與歷史斷絕關係的複調也正是現實對理想主義革命者的「不解、恐懼的冷漠」。

在這樣一個斷絕的豁隙上，朱天心「勤於用典」的企圖便益發昭顯了。她的〈想我眷村的兄弟們〉不憚辭費地塡充著五〇—六〇年代在台灣各地的眷村城堡中成長的一代的記憶，從「十六歲的甄妮穿著超短迷你裙，邊舞邊唱著『我的愛，我的愛，英倫心心口香糖……』」到「媽媽們通常除了去菜場買菜是不出門的，收音機時代就在家聽『九三俱樂部』和『小說選播』，電視時代就看『群星會』和『溫暖人間』」。從「用媽媽的百雀齡面霜抹成『岸上風雲』中馬龍白蘭度的髮型」到「有不明名目的勳章，有多種處理過的蟲屍蛇皮，有用配給來的黃豆炒成的零嘴兒，還一定有撲克牌、殘缺不全的象棋或圍棋」……朱天心把整個眷村當成一則典故來講述，於是〈想我眷村的兄弟們〉就不必容有什麼情節或故事、動作或角色，它像所有流傳於多種文本中的典故一樣，所須喚起的衹是那些不知典故爲何物的人們對「某一階段歷史」的認識能力。事實上，當人們無知地將眷村視同「外省人第二代」、再視「壓迫本省人的政權的同路人」的時候，「眷村文學」便自然而然地被意識型態的追逐者貼成淺俗的政治標籤，遂也淪爲另一種

「不解、恐懼的冷漠」的對象。朱天心大約已經敏銳地察覺到九〇年代伊始台灣社會爲眷村這個字眼所標貼上的種種粗暴的政治聯想與解釋，於是她寧可自行剖解「從未把這個島視爲久居之地」的眷村視域，是如何在黨國機器的擺布、操弄之下失去對土地的承諾，也失去「篤定怡然」的生命情調。相對地，激化之後的省籍衝突的雙方也都在不復「篤定怡然」的生命情調中失去對歷史的允諾。

朱天心學歷史出身（可能也擁有一則『不敢或忘』的老靈魂），從而時間和時間裡所曾經、正在、將要發生的一切——以及它們之間的各種關係；都成爲她小說作品所不忍割捨的材料。在〈袋鼠族物語〉中，她以驚人的蒐羅能力將取材自報紙社會新聞版面的「攜子同赴黃泉」事件勾勒出「無自我、無生活、無寄託」的現代主婦蒼白庸碌的卑微心境和處境；在〈春風蝴蝶之事〉中，她以淡乎寡味的冷腔澀調來「發現」（一半也是從滔滔的讜論中漸悟）同性戀者的心境和處境。（在這裡，〈春風蝴蝶之事〉和〈從前從前有個浦島太郎〉以及〈我的朋友阿里薩〉三篇的共同點值得注意：三個敍述者（也都是小說中的角色）都是透過書信之類的紀錄——一段歷史紀錄；瞭解到他們從未設想、揣度或反省過的世界，偏偏那個世界又都曾經是三者自覺親近和熟悉到毋須設想、揣度或反省的世界。）「袋鼠族婦女」和「同性戀妻子」在小說以外的現實社會中全無發言能力或地位的尷尬境遇迫使朱天心「來不及」說什麼故事了。她寧可瑣碎、冗長、甚至不惜有些炫學地鋻據出那些女性之所以如此的究竟。這兩篇和〈想我眷村的兄弟們〉、〈預知死亡紀事〉放在一起看，甚或會讓讀者以爲它們都是議論性格強烈的散文。而有趣的也在這裡：泯削了小說裡的情節、動作、對話和角色，其實往往也就剝落了讀者閱讀小說這種體制的文本時一個主要的習慣——那個追問「後來如何？」的習慣；取而代之的是讀者會追問「何以如此？」。那麼，朱天心在這四篇小說的論述形式上並不試圖爲讀者營造一個以時間主軸（從前如何如何，後來如何如何，最後又如何如何）的閱讀情境——如果我們需要這種閱讀情境的話，可以每天準時收看×點檔的電視連續劇；她無視於小說敘事傳統中的時間主軸恐怕也正是出於另一種「與時間角力」的意識了。熟悉湯馬斯・摩爾、H・G・威爾斯以及阿道斯・赫胥黎的讀者不會忘記：這幾位作家（尤其是後二者在晚期末年之際）的議論性格使他們如何遠離小說的敘事傳統，而同樣的性格也讓朱天心在盛年的時刻擁抱起「予不得已也」的雄辯論述形式。擅於用典的朱天心對數以十萬計的《擊壤歌》的讀者拋出傳寇、尼采、希臘衆神、汪精衞、浦島太郎、高爾基、列寧、雷諾瓦、狄西嘉、麥可・喬登、馬凌諾斯基、容格和浮士德……之後，可能鬆了一口氣。無論如何，她一方面坦然地告別了眷戀青春的「昨日當我年輕時」，一方面也見證了小說家對「人類偉大心靈長期所產生的種種」的尊重義務，在不可能角力得勝的前提下，她讓作品中的時間凍結在散文式的議論裡，這是老靈魂轉世再生的必經階段。

而她，唯近中年而已。

想我眷村的兄弟們

我的朋友阿里薩

去年秋天，當我的朋友阿里薩展開他爲期不知會多久的自我放逐之旅的同時，我在台北大肆散布他近些年來所鬧的種種笑話。

比方說，他參加一個泰國打炮團，在曼谷一名會說台語的泰國妓女處，喪失了他堅守了三十幾年的童貞，一夜交歡四度（他跟我說及此時，我一點都不懷疑，並非相信他的性能力，而是太知道他一向的小老百姓的撈本心態），而且不用保險套，原因是他覺得使用套子會對彼方有職業、種族歧視的意味，害得正與他同桌吃飯的我嚇得差點不顧多年交情與他翻臉斷交。

他馬上安慰我，他當然因此得了性病，但已悉心治癒要我放心。

驚魂甫定之餘，我提醒自己愛滋是不會唾液傳染的，才放心的繼續欣賞他充滿著淚光的笑話。

接下去他告訴我，他多麼初戀一樣的想念著那位姑娘，想念著她肉體的每一個細節（他說他曾經在第三度時鼓起勇氣擰亮了床頭的燈，邊做活邊偷看對方的身體，對此，我一點也不吃驚，因爲同樣與阿里薩是處女座的妻，也有在黑暗裡做愛的害羞習慣）。

他後來在芭塔雅海灘、清邁時都堅貞的不嫖，相思病發作的煎熬數日，苦苦等待回曼谷搭機的那最後一日。

再回到曼谷搭機的那天，阿里薩匆匆去尋她，並且決定要把她娶回台灣。未料他被鴇兒一問，才發現不知道他未來妻子的名字，但記得她的號碼，H33，阿里薩像唸一個美麗非凡的名字一樣的喃喃反覆唸著H33，H33——

後來呢？我出於禮貌的問他。

結果當然不說便知，H33不是休假就是出公差中，不然阿里薩眞的會把她娶回台灣了，我相信。

如此這般的，我把阿里薩的笑話告訴我生活圈中的所有朋友，每每大笑之餘，總再一次的奇怪自己到底是出於哪樣的一種心情，不過可以確定的一點就是，冥冥中，我相信他是再不會回來了（雖然他只不過是去地中海周圍的一些國家，好像包括義大利，土耳其，埃及什麼的），所以一點都不担心他日後回來時、萬一聽到我所散布關於他的種種笑話時會與我絕交，因爲只有老天知道他告訴我這些事的時候，是如何正經和感傷的。

所謂的這些事情，包括他的第一次陽痿。

那是發生在台北的一家會員制的大妓院裡，有幾次他曾試圖招待我去，我並不需要天人交戰的就婉謝了他，原因並非出於據說這種錢很忌諱他人代付，也並非我對婚姻生活有若何忠誠美德，我只是，我只能說，目前的我，說句粗野的話，以爲全天下的B都是一樣的，我還並沒有那個好奇心想一探其他的。

阿里薩第一次去時就發生陽痿事件——自然那遠在他於泰國失了童貞之後——，他是由他工作圈內一名頗知名的朋友拉去的，由於阿里薩是屬於幕後工作的，不虞被人認出，不像他的那位朋友，報上剛登過他盛大舉行的婚禮，怕一張常在電視廣告出現的臉會被人認出，便做了神祕打扮，掛一副墨鏡，圈一條可遮住一部分酷酷下巴的絲圍巾，戴一頂帽沿壓得低低的 Lakers 球帽。

他們未被認出的順利攜妓各自入房，不久，當阿里薩正身體處於興奮狀態、心情又初戀似的愛上眼前這具女體時（他說他每次嫖妓時總會這樣），忽然隔壁房間爆起好快樂、中獎一樣的女子尖叫：「哇塞！我的是×××！」

阿里薩聞聲當下不行，怎麼都不行了！

由於該院收費甚昂，那女人頗曲意承歡的展開種種手段撩撥他，充滿敬業精神的冀望他能復原。阿里薩無法爲她所動，哀憐的望著那名女子像母親給嬰兒換尿布似的、辛勤的處理著他萎頓的器官，那一刻，他躺在床上流下眼淚來，並非傷心自己的失却男性雄風（他的確這樣說的而我也相信）。他把她當做修女一樣的告解，他其實是叫×××，而並非剛剛邊褪衣服邊短暫寒喧裡僞稱的賈××（媽的竟用我的名字！），他其實是什麼什麼身分，做的什麼什麼工作，高中大學哪裏畢業……，一輩子從沒一刻如此誠實的一一招認，他以爲他這輩子的重要事蹟和轉捩點。

我跟你一樣，其實也忍不住回味隔房的那情景，那名玩得正樂的妓女不聽勸阻的一把扯下阿里薩朋友的帽子，發出中獎的快樂喊聲，就像她胯下那名瘪三在電視上做的某個休閑飲料的廣告，喇一聲拉開易開罐拉環，誇張興奮的喊聲：「哇——，夏威夷來回機票吔！」

循例，我第一個把這個笑話兼內幕告訴有研讀影劇版嗜好的妻，她始終忠實快樂的扮演阿里薩整天告訴我的那些垃圾消息的處理機，並好聰明的結論出一個屢試不爽的公式，就是把記者和當事人所說的加起來，乘以0.6，就差不多等於阿里薩所說的內幕事實，好比記者寫某女星出國一年根本不是進修而是生下了一個已11個月大的兒子，而該女星隨後召開記者會，出示她一所怪學校的結業證明、並辯駁她將來還要嫁人怎麼可能不明不白的生下小孩云云。

若把此事代入妻所發明的公式計算，把前後二者的時間加起來乘以0.6，正好其準無比是阿里薩說的、前天才去吃該女星宴請親朋好友的兒子週歲酒；而以此試用在那名瘪三身上也十分管用，記者說他婚後如何花心，瘪三便親蜜的抱著新婚的老婆拍了一系列親熱甜蜜的照片上報，兩者雖不易相加也難以乘0.6，但證諸阿里薩說的他們大約每星期相偕去一次大妓院（要不是收費那麼貴，大概他們還會增加次數），以及阿里薩曾做掩護幫他逃過記者、以便幽會一名綜藝節目中伴舞的小舞星……此公式仍甚管用。

妻十分自豪的這個公式，靈感得自同報另一版面醫療保健資訊，說從遺傳學的觀點可以推測自己的壽命，意即可以祖父（或祖母）加上外公（或外婆）的歲數，乘0.6，得出的數字就是自己的——天啊！那就是說，我得再活少說六十年！六十年！那比癟三不忠實的一週嫖妓幾次要大大的使我震撼多了。

和你所想的並不一樣（基於你會看這家報紙、這個版面、這名作者的文章，而且有這個時間和心情，因此我武斷的設定你絕對不超過卅歲），我再次的強調，和你所想的不一樣，原來面對，並承認年老，是如此舒適愉快的一種感覺（我承認這是自己在不過幾年前都無法想像的），說眞的，除了脊椎兩側不知何時悄悄長成兩條悍然不去的肥美里脊肉以外（眞的，哪種運動都去除不了），我簡直找不出任何因年老會引起的、無論肉體或精神上的困擾，你知道，像我這輩的人，隨你怎麼稱呼，Baby Boomers、頂客族、Grumpies老雅痞、或前中年浪漫族，在不過一年、甚至才幾個月前（抱歉我也不知道確實的斷點在何處），要我安心的承認媽的這個世界不會因爲我的揷手而改變，是件多麼困難、困難到足以動搖我的生存意志的事情。

而現在，我眞想不隱瞞這令人舒適的感覺：人遲早會死，不必你我去殺；對政府對國家不滿？反正有一天它會崩潰，不用你我去投票或革命；不喜歡、也愈看不懂的小說和電影，不去看就結了；不是嗎？兩千多年前蘇格拉底不是就說過：「我只知道我是一無所知的。」

因此第一件事就是，學了一半的電腦，放心荒置不用，反正有週末常被寄放這裏的小姪女玩俄羅斯方塊；我甚至可以完全不在意辦公室那些剛離女學生生涯不久的小女生的嘲笑，例如我們常常慶生去KTV時，她們顯然對點歌空檔時店裡播映的MTV帶子要有興趣得多，當我又一時失察指著螢幕問那名歌者到底是男是女，她們總誇張的做個不可思議的表情、齊聲喊出一個英文名字，然後一定加一句：「上次告訴過你的，拜託！」，其難以記憶遠勝過我們的外國客戶。

有時她們見我喝了些酒、笑瞇瞇的，會替我點一首「沙里洪巴」，然後嘰哩呱啦笑倒成一團、女學生似的搥來搥去，想用這首石器時代的歌來打擊我，要知道，曾經有一段時間，我曾非常在意這種訕笑，我終日小心的不流露出對於流行音樂、國外的我只跟到Bee Gees（當然衆所知的瑪丹娜和麥可傑克森例外），國內的只跟到出國前的羅大佑，港星只到楚留香，日本演員到山口百惠、松田聖子各自嫁人爲止，老實說，這種知識素養在她們看來，簡直就跟「沙里洪巴」時代的沒有任何差別。

我且很小心的不對她們的衣著打扮露出任何少見多怪的顏色，她們這些，隨你怎麼稱呼，粉領階級也好，日本人所謂的花子族也好，即使沒有隔宿糧，也一樣把薪水全花在打扮、用名牌、出國旅遊、租小套房（認眞的仿傚 Non-N0雜誌中的居家佈置，從餐具到床單都統一品牌花色，奇怪的稱之爲個人風格），簡直不知道她們怎麼想的，年終獎金上午拿到，下午幾千上萬的衣服已穿上身，誰叫我們辦公大樓的一樓就是家大型服飾連鎖店，我確定這家店能在店面租金如此昂貴時，還能在此地段屹立不動，起碼店租是靠我們這些花子族班底支撐的。

你知道，每一次，每一次一個短暫的連休假日、甚至只是一個週末過後，總會見到幾個女孩興奮的互相展示著剛在香港或新加坡或日本買的化妝品、皮包、手錶，以及一些我發誓眞的是完全無用的小東西，口裡邊嘖嘖讚歎「好便宜喔！」另一個口頭禪則是「眞恨不得刷（卡）一下！」

在這一方面，只小我一歲，長年穿著上好質料、但式樣永遠不變的妻子，並無法提供我任何足以理解花子族的經驗，所以你應該能想像我一旦決定接受年老這件事後所得的解放之感吧，再也不會有因爲不知道的新事物而時時產生的焦慮感，哪怕有時眞的是那種媽的一點都無關緊要的事，比方說，她們根本沒有耐心和知識看NBA，卻津津樂道麥可喬丹和可口可樂合約中止後要跳槽到桂格公司做開特力廣告；煞有介事的品論意識形態公司又做了個什麼怪廣告、哪家航空公司這一季的廣告又如何如何；言之鑿鑿A公司要併購B公司以對抗C公司並染指D業界，天啊那些華爾街上瞬息萬變的事情干我們屁事！干我們屁事！

離開學校十多年，我初次才眞正有了畢業的感覺，哇塞眞好，我再也不用學、不用再上任何課了！因此我放心的做出個老色鬼的表情，對一名穿著露臍裝晃過我桌前的花子族女孩說：「想加薪說一聲嘛，何必故意衣不蔽體的。」

再也不用知道外面世界在流行什麼、在流行穿什麼，中空、上空、長裙、短裙……（有幾年，我甚至被迫記得該年巴黎時裝界得金頂針獎的是哪名設計師）；再也不用知道我們往來的銀行經過一陣大跳槽大挖角後的幾個branch manager是什麼人、哪裡跳來、可能跳哪兒去、個別的裙帶或皮帶關係；當然也不必再用談論政治人物或明星的素養和熱情、來談論那排名前幾大公司的區域國際總監分別是誰誰誰；上班塞車時也不用打起精神聽ＩＣＲＴ；也不用讀南華早報、亞洲華爾街日報或經濟學人，改看不用頭腦只用器官的美華報導翡翠週刊，反正我常用午餐的店裡大量供應。

我甚至坦然的面臨並接受第一次的陽痿——自然大大不同於阿里薩發生此事的人、事、地——，我的妻子事後堅持一定是她頭頂的那幾根白髮所導致的（因爲但凡前戲時，我非常非常喜歡埋首於她的一頭濃髮中，那比撫摸她身上任何一個部分都容易使我興奮得多），並因此怨責我平常老是懶得替她拔那幾根她自己照鏡子也無法拔到的白髮。

那會是一件那麼不容易理解的事嗎？

我試圖告訴她，我仍對性事、對她，充滿了無限的興趣，只是有一種難以形容、青春期時常在我體內騷動的神秘力量，不知什麼時候離開了我，所以，目前，若要我很坦白、很自私的說出我眞正喜歡的一種做愛方式，我稱之爲無性生殖。

這方式的確不容易解釋，我眞希望你看過狄西嘉導的「昨日今日明日」中的「明日」那一段，你就一定可以懂得，有沒有，蘇菲亞羅蘭學脫衣舞孃的動作邊慢條斯理的褪却衣物邊極盡挑逗之身段，此時馬斯楚安尼乖乖的跪在床上，快樂認眞的邊觀賞邊不時發出月圓狼嚎的叫聲。

是了，那就是我目前對性事所期待的理想境界，用音樂來譬喻的話，你可能更容易掌握，這麼說吧，年輕的時候若我想在音樂裡做愛，我可能會選擇深具征服、侵略意味的「波麗露」，那樂音總使我以爲自己是個穿著獸皮丁字褲、手執長矛的克魯馬農人；要不放上一張歌劇碟子，女高音的尖叫聲可以使我享受一下做個變態狂的新鮮感。而在此刻，我一眼相中的是不要笑，００７電影任何一集的主題曲，冶艷、溫存、挑逗、但你不一定要幹什麼，你知道就像每一集中００７都和各種女人做愛，但那電影是普級的，普級的！這就是我說的那個意思。

我多麼希望我的妻子能如此配合我（如前述的蘇菲亞羅蘭），我絕對會是她此生最忠實的觀衆，而且肯定如此的方式我可以得到充分的高潮和快樂。

妻打斷我對理想國的描述，咬白了嘴唇，起身離去，老半天，才從浴室發出充滿著淚水的怒吼：「賈××，你什麼老了你、變！態！」

但確實我說的都是實話，此生再沒有任何一個時候，像現在這樣對性充滿了興趣和心得（我承認年輕的時候，只要有肉就好，眞的分不出女人身裁的好壞、特色、功能、乃至其精微處），現在的我，甚至性趣泛濫到有暇關心另一國（同性戀）的性事，不足爲外人道（也絕對不足向保守的內人道），我幾乎一眼就可以判斷出一名陌生男子是否是另一國的傢伙，但只有阿里薩追問過我此中的秘訣是什麼，我答嘴巴，從嘴巴判斷，你知道，那種不是出自天生却異常的大嘴，以此可斷定，「因爲長期口交的緣故，給撑得。」

我們後來以此要領研究一些公衆人物，尤其是政治人物，斷定其中好大一部分都是隱藏甚佳的雙性戀者，我們爲這個結論雙雙慨歎並同情著，也就是那時候，阿里薩告訴了我他的第一次陽痿事件，他說：「我跟你不一樣，我還是非常非常喜歡觸摸她們愛撫她們，而且很仔細的，很仔細的，因爲我發現其實她們眞正喜歡的是這個，哪是男人自以爲是的進進出出，不過最重要的，我是想藉這個檢查看看她們有沒有什麼性病。」處女座頗潔癖的阿里薩這樣說。

令我很吃驚的，他如此誠實的招認。

跟你所想的不一樣，我們這些在你輩看來有些成功、有些腐敗、有些盛年的魅力、也有初老男子的猥瑣鬼祟、以及見了小女生總擋不住流露出的父愛加色癆癆的神色，我們並不是如你想的一在純男人的場合，就一定大談女人、大談性事、或洋洋吹噓自己的性能力，錯了，我們甚至根本不談與性有關的任何大小事——無論是與自己妻子或其他女人的性冒險——，那是一種非常非常微妙有趣的氣氛，我不妨提示你一下，想想看水滸傳裡那個幾乎純男人的陽剛世界——儘管你這輩的人大概少有聽、閱過水滸，但總該看過蔡志忠的漫畫版吧，我想他應該畫過——，那漢子宋江鎮日舞槍弄棒，不好風月之事；想想武松爲兄殺嫂，那嫂子可是史上美女淫婦排名前幾的潘金蓮呢；還有拼命三郎石秀，翠屏山手刃潘巧雲……

我們這輩人，當然不至於爲個什麼偉大的男性友誼動刀殺女人，但是有一塊世界，我們默契極佳的共同小心維護著，這樣說吧，我們可能在鬧酒中、因爲某人的喝酒不爽快而輕易翻臉，但絕不會因爲他背叛妻子走私一番、而出面給予任何道德的譴責、制裁、或微弱的勸說暗示（儘管我們與他老婆也有交情，單身時甚至常在他們家打拱豬吃他老婆燒的晚飯消夜），別人的理由我不知道，至於我自己，我只能說，他媽的我受夠了，我就是受夠了。

說來也不怕惹得滿街喊打，我真是受夠了那些不知從什麼時候開始愈來愈多的女權主義技術派者（請注意這大大有別於我跟你一樣也贊成的男女同工同酬、子宮權、夫妻分產、子從母姓這類的女性平權主義），例如她們，那些技術派的，會在你一時失察脫口而出哇操他媽的B時，冷冷的糾正你，請改做諸如「我操他爸的A」之類的，極端者甚至痛恨英文的第二個字母爲什麼唸B，她們且致力改變或發明一些字，如你也知道的，一律用he不用she，努力發現某個中性的字以取代man，Pub裡點Blood Henry取代血腥瑪莉，時時檢查糾舉你生活中有意或無意透露出的歧視女人，或挑釁你，比如故意在工作桌上壓一張裸男或健美先生的照片，甚至哪裡弄來一張貼紙，上書「I love ten inches.」。在跳舞的場合，她們絕對不跟男人跳，不管快舞慢舞，寧可獨舞或兩個女人怪怪的擁成一堆。健身房或韻律舞練得的一副健康清潔的好身裁，絕不教男人染指，哪怕其中也大有根本未經戀愛或沒吃過男人虧的。我猜想她們寧願私下傳借電動棒，也不願意因爲寂寞而讓男人亂了生活步調。（不過這一點倒是與我的無性生殖的理想境界有不謀而合之處）

我不知道她們從何而來的印象，覺得我們彷彿一堆狗屎一樣在這世上是如此的多餘，尤其是那些前述的剛從學校畢業、每過一個夏天就會冒出好幾名、看似未經世事的小女生，我承認我們的確總是無法克制的想在她們眼前晃晃、賣弄一下，才管她們可能殘忍的在心底鄙夷一聲「老鬼！」或轉過頭去扮個嘔吐鬼臉，你知道，與其說從她們身上似可滿足那種渴望呼吸到新鮮空氣般的強烈欲求，不如說，我老覺得她們是我的孩子，是我大一那年女朋友在內江街噙著服淚拿掉的那個長成了的孩子，因此，出於一種老爸爸的父愛（你若堅持解釋爲父權宰制或酋長心態，我也難以辯解），我簡直無法忍受任何一個混小子對她們躍躍欲試的意圖染指，儘管她們像我前述的那樣防衞甚佳，但那些同年紀男子不得不讓人一一盡收眼底的攻堅行動，實在非常不雅觀，像一隻隻剛冒出幾株尾羽的小公雞一樣，粗魯莽撞。

與他們相比，我簡直想爲自己高唱那首歌：我很醜，可是我很持久……

話說回來，那麼到底我們這一群優雅的老狼在一起時聊些什麼呢？

一言蔽之，車馬衣球。

車乃汽車也。

通常前一年的 Cars of the year 尚不足支撐我們的話題，我們其實最常談的是非常實用的自己動手保養車子的小秘方，互相診斷治療對方的愛車，並交換新出品的汽車蠟或車身補漆劑等等的資訊。除此之外，我們也擴及其他的相關金屬及機械製品，如飛機、武器、音響、鐘錶、工具等等。

至於馬，有時眞正是一匹馬，一匹心中想養沒養成的那匹高大美麗的阿拉伯馬，或是一頭鷹、一隻最聰明的拉布拉他犬或舊俄皇室貴族養的獵狼犬、一頭美麗的殺人鯨……，但大多時候，它是正在養的一隻神經質的小博美狗或一缸海水魚、一隻變色蜥蜴、一隻被兒子養得奄奄一息的小白兎。無論如何它可能是任何動物、甚至植物，但此馬絕非彼馬，絕對不是女人。

衣，衣著、時尚、名牌。

關於這點我覺得很莫名其妙，雖然我們之中也確有非常注重外觀衣著的人，但從小我們被學校也好家庭也好所教的無非是，那是女人的事，壯夫不爲。什麼時候開始——有人指稱是國民所得超過六千以後——，即使你仍不願花時間心力在衣著而委託你的妻子或女友處理購買，你也必須知道你願意穿戴或不願意穿戴的是什麼品牌、以及所衍生出的大量垃圾資訊，他媽的它已經儼然也是一門當代顯學了。

至於球，媽的可太過癮了，喬丹的 Bulls昨天又大快人心把髒死人的 Piston踩在腳下，已卅勝五負嚇死人的成績‥暫居老二的 Golden State Warriors也很像樣，內綫Owens那幾個 rookies不壞，而 Chris Mullin我看已完全取代癩痢鳥ＮＢＡ王牌射手的地位，你沒看他射三分球的手腕，軟得咧‥Lakers我看今年完全沒望了，Magic種菜瓜得菜瓜的玩出ＡＩＤＳ出局了，但他老兄說他不死心還想打巴塞隆納的奧運‥還有還有還有，這個月底 Super Bowl我押 Buffalo Bills，除非跑鋒 Thomas提早受傷被抬出去——好了好了，我不說了，你可以把耳塞取下吧。

不過，能和 Michael Jordan生在同一個時代，看他打球，實在是一種幸福……

……才不過幾年前，我還在担心老年時會做不動想做的事，如今我才發現，原來有太多太多的事，我根本就不想做。

這是我所體會到的第一樣老年樂趣‥放棄事物，放棄許多事物。

注意，這不是投降或不得已，而是一項權利。

誰說這不是老年的好處。你可以發現，不管過往你是個虔誠的某某宗教信徒或堅決的無神論者，但此刻可以不再與別人、與自己爭辯的安心承認‥我不信上帝（佛祖、老天、阿拉眞神……），可是我怕上帝。

這種棄甲投降並非全然是壞事，你不會像年輕時候事事意不平，你對種種發生在你身上、身旁的莫名其妙的（壞）事，漸能夠泰然處之，只因爲你終於了解那個無能的大神又暫時打了瞌睡或因此晃亂了祂的棋盤。

在這樣喜悅、卻無人（包括我的妻子）可分享的心情中，我竟然接到阿里薩的來信。

才看到他信首稱呼我的「老B羊」，我頓時眼眶一熱——來不及讀阿里薩的信，腦子擱淺了——這才眞正恍然大悟過來，原來我的妻子也老了，只是老法不同，不是因爲她說的頭頂那幾莖害我陽痿的白髮，不是眼尾紋，不是身裁，事實上，這些距離保養甚佳、未生過小孩、卅五歲的妻還很遠，我只是淸楚想到不久前，一對雅痞同事夫妻遷新居宴客的事。

那天晚上妻和我一起赴約，完全輕鬆非應酬的場合，我很習慣與同是客人的辦公室小女生們延續平日的相處方式調笑著，那天調笑的主題很無聊，只因爲我穿了一條釘著銅扣的李維士 501 牛仔褲。

那時候的妻，似乎匆匆的上主人頂樓加蓋的音響室兼書房去參觀，並不像過往每遇這種時候，總會給我意味深長的一眼。我並分不出心神來意外，或像剛結婚時一樣不管自己是對是錯，先去向她安撫賠罪就沒錯。

……當晚回家後，好像她也沒什麼不悅……，想不起來了。

但是我可以確定的是，她無法像不過一兩年前一樣，在那樣的場合，我與別的女人眞眞假假調笑的場合，一面嫻靜專注的與人社交談話，一面目光炯炯的穿過管它多少條的人影追踪我。返家的那一晚，不是一頓吵架，就是一場冷戰，一場眼淚、或一場瘋狂得快發展成性虐待的做愛做爲結束……，無論如何，絕對，絕對，不是那晚的行止。原來，妻的老衰，不是身體，不是容貌，而是從感情開始的……

年老了的妻子的感情，再也無法如年輕時一樣強韌，強韌到足以承受各種因爲她的偵伺而帶來的殘酷事實。

現在的她，像個老衰不能再戰鬥的母獸，只顧依本能避開一切不利於她生存的環境，躲起來，看不見，因此也就不會受到傷害……

發現並確定了妻的老衰，給我莫名的悲痛，老天知道我現在是怎樣的想念那些她目光炯炯注視我與別的女人調笑的時光，還有那種我曾深引爲苦、當衆淸楚感覺被她眼中所射出的萬箭穿心之感……再也不會有了。

「老B羊：」

我很覺蕭索的展讀阿里薩的信，並分神注意奇怪的郵票奇怪的國家奇怪的郵政效率（署名日期是差不多三個月前），才看兩行，心裡似乎剛剛在敲著的悲傷沉重的鋼琴曲給換成了奇情悠揚的薩克斯風，藍色夜霧的碼頭的海洋，一名享受孤獨的男子專心的對空吹奏著，是什麼咖啡的電視CF廣告吧，但是讓我想到這封信裡的阿里薩。

「我也不知道到底想在找什麼？」

我們這個年紀講這種十七歲的話或許你會覺得是很恐怖的，但且慢我確實知道他說的不是妄語，例如有一陣子，他非常認真的到處在尋找爛命。

這幾年不是如此嗎，人人像帶身分證一樣把紫微命盤隨身携帶以備人詢問。妻便也幫我用電腦排了那麼一張，我對這全無興趣意見，只把它當成社交禮儀的一種，不得不跟駕照和各種卡放一起，而果眞被人索過好多回，有熟人，有生人，當然那些小女生沒一個例外，我覺得最莫名其妙的是一些陳年老友，邊看命盤邊認眞描摩出一個人，好像他們眼前認識有十幾廿年的我是個陌生人，而那紙上的怪字眼兒倒像個解剖圖似的才能讓他們充分信任並清楚了解。

但阿里薩就是這樣，熟人的命已被他全看遍，他只好出入一些咖啡館、Pub、酒廊之類的場合，並爲此不得不打破他的孤僻，忍痛去認識很多人，往往跟陌生人剛搭訕上三分鐘，就忍不住向人家要命盤，而且都只顧自己看，全無耐心和禮貌解盤給對方聽。

因此有一陣子朋友圈中盛傳，阿里薩好幾次險些被人家當神經病或同性戀揍。阿里薩對此事的解釋是，他在尋找自己生存下去的意義，「你知不知道，每當我看到那些比我爛幾百倍的命，而命的主人還不知死活快快樂樂的過活，我實在找不到我活不下去的理由。」

他熱心的解釋給我聽那一條條他所搜集的可笑復可憐的爛命，好比諸多命無正曜的人，好比有個傢伙命宮獨坐煞星之王的地劫星，好比王××，我們共同的一個老朋友，他的夫妻宮是紫微貪狼，阿里薩解釋給我聽，意即他老婆是個女王蜂，掌錢掌權，而從一些乙級星、小星星和王某的命宮來看，他是全然應付不了他老婆的需索無度的。

「可是實在看不出來。」我非常吃驚的反駁，因爲王妻跟我的妻子味道很像。

「所以更慘，王××是啞巴吃黃連。」阿里薩非常肯定。

並非因爲我不懂也不信命理，所以放棄在這方面與阿里薩的爭辯，我只是不想破壞那陣子他看似昂揚的心情，畢竟他認爲他找到了生存下去的意義，要我不花本錢的提供爛命一條供他收集，我也十分願意。

「——每一個睡眠者都只有他自己的世界，但醒著的人們有一個共同的世界——誰說過的我記不得了。

都跑到愛琴海邊了，怎麼海水還是H_2O，岸邊的沙也是矽，橄欖樹我雖是第一次看到，但其下的野草跟我小時候拔來拴蟲子的好像。

怎麼會這樣子。

A」

這是一張標準的風景明信片，背面是一幅典型希臘某古蹟的斷垣殘壁照相。

我盡量不爲所動。

隔沒幾天，阿里薩的第二張明信片寄到，妻邊疑惑的認著發信國名邊遞給我說：「埃？及？老馬不是說他正在紐約嗎？」

長居紐約的老馬昨天越洋電話裡，居然向我打聽阿里薩刻在紐約的聯絡電話。

大概又是兩三個月前的信吧，明信片是一幅令我吃驚如此扁鼻瞎眼的獅身人面照片，阿里薩寫道：

「老B羊：

坐在冷氣車裡觀光，簡直忘了外面是差不多攝氏四十幾度，所以更不會奇怪他們的女人都穿得好多，披披掛掛拖在沙地上，不是你想像沙漠裡阿拉伯人那種可以隔絕酷熱的白色棉布衣，都是很深很熱的顏色。

有一段路程是沿著尼羅河畔，河邊都沼澤一樣長滿蘆葦，沿河成排的椰棗樹，乍看很像椰子樹或檳榔，非常南國風情。林隙間，匆匆瞥見一個穿著艷紫色長衫的女人、騎在驢背上緩緩行過，活生生是聊齋故事裡經常出現的畫面，使我想起大一時國文老師要我們讀聊齋，到現在我還是覺得它比金瓶梅和肉蒲團能讓人勃起——這些年我自己在這方面的問題其實我自己知道，那就是，對我來說，固定一名性伴侶，比禁欲要困難多了。

A」

阿里薩沒說爲什麼，明信片就寫滿擠不下了，肉蒲團、勃起、性伴侶、禁欲亂七八糟跟收信人名擠在一塊兒。

「他怎麼有空寫那麼多信？只寫給你嗎？他玩伴不是一大堆？我看你跟他也沒有那麼好嘛。」妻對阿里薩旅途中的不時來信覺得好奇。

「……大概是老了。你沒覺得嗎，老朋友跟舊衣舊鞋一樣，穿起來舒服。」

我猜測著，也的確這樣相信，當我們年老時，既不會變得更好，也不會變得更壞，只是愈來愈像自己罷了。

「老B羊：

今天車行整整一天，過色雷斯平原，就是希臘神話的野蠻之鄉，盛產很多音樂家，據說戰神馬斯的故鄉就是這裡。但是當然我什麼都沒看到，那景觀也無甚新奇之處，甚至好像回到去年此時我去大陸華北看景的情景，一望無邊的土地，乾荒貧脊得很，除了路兩旁的白楊樹外，地裡只長棉花烟草和向日葵。曠野風大，不見人迹，是總讓我很忍不住想生死問題的天氣。

傍晚，連人帶車坐渡輪過達達尼爾海峽，此海峽古名海利斯邦，你大概也不記得了，就是尋找金羊毛神話裡、騎金羊逃跑、不愼掉在此海裡淹死的那個妹妹的名字。

過海後，算又回到亞洲，但與色雷斯一樣都在土耳其國境。土國好窮，一個手工彩繪的小煙灰碟才台幣十元。晚上在旅館附近的小鎮方場蹓躂，一個高大俊美的年輕男子手挽草籃向我兜售，都是絲巾、小陶飾品，他那誠懇慈祥彷彿老婆婆的表情與其外貌之唐突，實在讓人無法卒睹，令我懷疑他是否是對方那國的藉此來搭訕我，只好趕快掏錢買下全部、連那籃子，但他不肯，比手劃腳堅持留住那空籃，挽籃離去。

小鎮黑漆漆的無甚夜生活，只碼頭邊矗立Sony、日立、豐田的霓虹燈，難怪剛剛那男子用日文跟我道謝。

我打算只在這裡盤桓兩天，再去特洛伊。

A」

我開始掉頭髮，只要一用過浴室，所有的出水口就會堵塞，妻來不及抱怨，四處打聽內服外用的密方，彷彿我已經是個禿子。

在此同時，我只顧閑閑的開始過冬，間雜花了幾個下班的晚上，推掉應酬陪妻購物準備過聖誕節。

我發現自己竟沒一件事想做，除了等阿里薩的信，特洛伊的信。

但是我只等到一些不相干的聖誕卡，有幾張是公司裡只做了一年半載就出國唸書的年輕女孩子，不管她們在美東美西或英國法國的哪個州哪個城市什麼的，很奇怪的不約而同對新生活的描述幾乎一模一樣，無論是快樂還是忙累，你知道，每當於我出於禮貌只想火速瞄過她們的信，總會被那些三兩行就出現一次的「吔！」或「」或注音符號或他國文字所擱淺，看看此段文字，「賈Sir：Surprise！Surprise！美國運通信用卡部分的廣告給CHIAT搶跑了，！Absolut Vodka這一季在Forbes上的廣告看到沒？Apple竟然和IBM聯手抗敵，好可惜沒看到那支1984的CF。我姐姐剛才大血拼回去，託她帶了一本上個月的Vanity Fair，裡面有一百一十六頁卡文克萊的廣告，awesome得不得了，她會寄到公司去。代問候×××、×××，你們聖誕狂歡別忘了有人在N.Y.」

「賈Sir：想必台灣也大大報導了magic的事，不管老美怎麼說他，他仍是我的ㄡ像——嘔吐的對象！」

短短的信，總看得我筋疲力盡，彷彿一個老衰的爸爸扛著精力過剩的小兒子在肩上戲耍，更多時候，我錯覺自己是一個退休的老頭兒在閱讀大學女兒討生活費的家書。

我發現我比自己想像的還要老。

你沒發現嗎？他們這輩的小孩習慣反叛一切事情，那自然也就無從發現一個自己想接近的目標；他們奉新鮮事物爲宗教，拒絕一切傳統（包括好的那部分），因此對人類偉大心靈長期所產生出的種種思想、藝術、價值觀……有種近乎不解、恐懼的冷漠；且因爲他們中心無主空空洞洞，只得不停的大量消費資訊，以爲自己果眞腦子滿滿全是思想。

他們甚至失去了使用感情的能力，無論付出或索取，只因他們確實未經眞正的貧窮和戰亂離別，感情無瑕如他們自娘胎出來時一樣，不多也不少。所以，他們只好用高分貝的音量和近乎聾啞人的誇大動作，來表達自己可能並不確定、甚至也不存在的感情和意見。

跟他們交談一場，就彷彿剛從狄斯可舞廳出來一樣，耳目形神給轟炸消耗得疲乏至極……

這些話語，像不像蘇格拉底在將近三千年前批評他同時代的年輕人的話？

……當你很理直氣壯、不願意再去在意和理解下一代，覺得他們簡直、簡直不足掛齒，不值探究時，——不不，這不是老年，我可沒這樣結論，我只是覺得，我們彷佛划離時間大河登岸去了，生堆野火，燒壺咖啡，憑眺風景兼目睹他們這些小子一朵朵恆河蓮花似的流過眼前，抱歉並沒有誰超過誰這回事，差別只在，他們一心想去的地方，我已失去興趣。

「老B羊：

眞是要命，克里特島長得好像澎湖，也可以租車環島，你記不記得大學畢業旅行，我們在澎湖合租一輛車搶著亂開，結果一撞再撞，還差點落海。

環海的公路常常見到裸上身的女老外悠閑的騎單車漫遊，令人神往。島上的超級大古蹟非常多，包括神話裡的諾薩斯迷宮，不過被修補得像是台灣尋常的廟，黃色的牆壁紅漆水泥柱。我較感興趣的是島中央最高約八百米的山，導遊的話我沒聽淸，不知是說宙斯死在這裡，還是像盤古死後化爲山川一樣此山是他的軀體，總之看來有點像淡水觀音山。

神話裡，宙斯母親莉雅懷他時，就是逃命在此生下他的；宙斯有回化身公牛誘拐了歐蘿芭公主，也是逃到此島以便躲避吃醋的老婆希拉，當地人還指證歷歷宙斯是在哪一棵橄欖樹下誘拐歐蘿芭的。寫不下了，下次我改用旅館信紙，克島真的好像澎湖。但願我在衰老前死去。

A」

但願我在衰老前死去……

歲末了，人人看似都忙，妻忙著學校學生的期考，幾個 Pub 喝酒射鏢打彈子的朋友也約不出來，倒是外商性格甚重的公司，在認眞過個聖誕節後，已無人有心把此年再老實過完，只除了會計部門忙著做帳，和老闆自己新年新計劃。

老闆想重做現正流行的公司ＣＩＳ識別系統，自己親自下海花了幾天時間寫了一份「山陽相互銀行→Tomato Bank」，要我們在假期裡研讀，上班第一天的早餐會議上要討論。

山陽相互銀行→Tomato Bank。

松屋→Matsuya Ginza。

電電公社→NTT。

消費者溝通。整合員工意識。破壞性的創造。美麗的聖誕紅。美麗的聖誕紅色唇膏的嘴唇。嘴唇。

「老B羊：

夜宿土國第二大城，伊士麥港，晚上到港邊晃盪，爲躲乞討的人，走進一家人聲樂聲沸揚的餐館，樂隊以爲我是日本人，奏了好幾首日本歌，知道的有壽喜燒、知床旅情、北國之春。港邊的燈火全映在黑海裡，又很像有一年中元節我們在基隆山頂那個什麼公園看擺普渡的港口夜景。

這裡距離特洛伊只一日車程，白天停停走走幾個古蹟，無非都是斷垣殘石，我全弄混，只中午在一個名爲Bergama的小城，全城人皆以織地毯爲業，一個人次從早到晚專心織，大概織得數公分見方，賣給我這樣路過的觀光客。

它的衛城在城外山上，最早是波斯人建，後爲亞歷山大征服，主要的神殿只殘存幾根列柱，較完整的雕像都在大英博物館，著名的宙斯像只剩下基座，其中野長著一株橄欖樹。大概此丘正對海口，海風大得幾次我得伏地前行，使我懷疑這是北風神帶走奧莉茜亞之處。整個廢城除了尾隨我的導遊，只有遠遠一個工人在替城牆牆縫薅草，荒涼得令人想放聲大哭一場，我大概快更年期了。

A」

「三八啷！」妻看完阿里薩的信，以此語做結，然後豁然起身去陽台弄她的盆景。

看著她發僵的背影，我眞的不知道她氣的是誰，是她自己，還是我？昨夜我又一次的不行，我不曉得那是不是主因，她居然沒叫我去擰掉微光的床頭燈，因此使我得以看清她沒穿我平日摸熟了的那些眞絲內衣，她把自己當做個聖誕禮物，穿了一件咪咪小的比基尼褲，紅色的純綿布上印著可愛的白雪人、綠聖誕樹、小金星、聖誕襪、還有聖誕老公公……不，不是聖誕老公公的關係我發誓，反正當下我只覺得自己是一個媽的在褻玩女童的骯髒老頭，就這樣，好好的、第二天可睡懶覺的夜晚，就再怎麼都不行了。

兩人假意這是全天下最不重要的事，努力去睡著。睡夢裡，寂寞得不得了。

我仍然對我父親那輩人的老去法充滿好奇，他們是漸漸的老去。年輕的時候，比我們同年紀時要老，老了，也沒我們現在這麼老邁。眞的，他們在我這個年紀，小孩們迤迤邐邐也都唸初中高中了，可以不有責任不有年紀不有衰頹之感，媽的他明明就是那一巢最老的那隻鳥嘛！

我們呢，到我這個年紀，如果堅持的話，我們藉運動、控制飲食，還可保持與學生時代相去不遠的樣貌，甚至可像青少年一樣的終日玩樂，並且玩興不減，誰說，誰說廿五要結婚、三十是立業、四十兒子進大學、五十抱孫子、六十退休領退休金、然後等待死去。

我們並非拒絕死亡，拒絕年老。我們只是拒絕遵守以往人人老去的那種軌迹、那種時間表。

簡單說，我們的老法是，當你願意老時，一夕間就老了，不用說包括肉體、意志力和野心，全部隨之委頓不復。

我不明白到底阿里薩在掙扎什麼。

「老B羊：

我的導遊是個退休的大學歷史系教授，專業知識自然不成問題，但英文不好，不過如此正合我意，我一點都不想知道太多古代人幹嘛幹嘛，我忍了幾次想問他目前的收入是多少，覺得很不禮貌才沒問，你知道，他們尋常在街上討錢的，都是衣冠楚楚的大男人，服裝當然不可能是名牌，但質料非常好，是那種你願意好好保養穿一輩子的毛衣大衣，但不知道爲什麼個個口袋都空空，跟台灣相反。我的導遊就看似一樣的人，我在考慮離土國時要不要給他一筆超級小費，唯一只怕傷他自尊。

我們今天盤桓了一整天的地方叫以弗所，據說是新約聖經記載過黃金淹脚目的大城市，如今來往的都是最窮的人，我遇到一大家子本地的觀光客，他們很認眞、快樂的出來觀光，都身無長物，看到我有攝影機就忍不住上前來要求幫他們拍照，我照了兩整卷，女人、小孩、夫妻、情人，留了地址希望我以後寄給他們，揮別他們一張張天眞依戀、熱切期盼的臉，彷彿我帶走的是他們的靈魂。

A」

我要妻在學校找了一份高中地理地圖，依阿里薩來信的署名日期排列，大致可勾出他的旅行路綫，好奇怎麼漏了特洛伊的那封信呢，當然也許他並沒有寫，我也好奇那些愛琴海上的十幾個有標識地名的小島，不知道他還會去哪幾個？

地圖上，我的鉛筆畫到最大的克里特島就中斷了。——克島眞的好像澎湖，但願我在衰老前死去。

「你問他不就結了，影劇版上今天有他消息，說他剛從紐約回來，有一大堆靈感，要弄什麼新劇，要不要打個電話聯絡。你們有多久沒見了！」妻大概很不習慣我的近日夜夜蟄伏在家，問候病人似的對我格外溫和耐心。

那是一種至難描述的感覺，我一點都不想跟阿里薩聯絡，甚至害怕他來找我——他回得來，難以相信！對我而言，儘管他旅途中的來信是單向、是我無法回覆和應答的，但是那種契合之感是如此的眞實，眞實過我們從大學到現在的無數次玩樂、冶遊、和幾次差點可以發展成同性戀關係的同床共眠剖腹交談。

儘管我在這繁華之地，往往是電話Fax或電腦印表機暗暗亂響的辦公室，跟隨著他在地中海畔作那荒蕪之旅、吹那寂寥的野風，好奇著下一段旅程、下一個小島，然而，總隱隱覺得，旅途的終點，是遙遙沒入海裡，指向死亡。

我無法相信阿里薩活得下來，或曾在紐約，或已經回台灣，或要馬上做什麼新劇，或過兩天會打電話來……我不相信，也想拒絕。

「老B羊：

小島叫做米克諾斯，本來打算住五天，結果臨時決定多住了一星期，因爲是淡季，旅館飛機不成問題，也因此以觀光爲業的島上居民去了一半，商店大多關門，要到來年初夏才從歐陸各國販貨回來。島上所有房子都漆白，包括小巷間的石板路也是白色的雪花石，只窗框或闌干漆著環島的海洋一樣的藍。

此島其實以鄰島提洛斯得名，提洛斯島是希臘神話裡阿波羅和月神雅特蜜絲兄妹誕生之地，但風浪太大，我怕暈船不敢出海，所以至今不曾去過。

小島其實一日就可走盡，大多時候我就在港邊曬太陽，我常用餐的那家碼頭餐館兼賣希臘傳統手工織品，店裡的老婆婆正替我織一件此地漁人穿的毛衣，我每天兒子似的去探望她，以便目睹她的進度。想必離開時能完工。

A」

「老B羊：

米克諾斯島待久了也好像澎湖，你記不記得澎湖到處是小廟，此島島民也以捕魚爲主業，所以島上隨處可見比土地廟大不了多少的小教堂建築，據說數量比島民還要多，當然祭祀的是聖母瑪莉亞。我白日租了一輛（老老的，你會想稱它爲電單車的）摩托車，穿件擋風（差不多零度）的亮皮黑夾克，墨鏡，太陽很大，天空很藍，因此以爲自己是「愛你想你恨你」裡的亞蘭德倫。我在丘陵野地裏亂騎，除了羊群和不分東南西北可見的藍色玻璃似的眩目的海洋以外，一個人影不見。很容易就找到島的最高點，因此可遠遠看見那個日神月神誕生的小島。

島民喜歡聚集的地方除了碼頭一帶，另外就是一個小方場，方場正對四個小風車，我看到島上販賣的觀光商品甚多以此爲題，有一幅大概因沾了風車的邊、硬也擺在其中的是畢卡索的唐吉訶德複製畫，空白紙上僅寥寥數筆，黑色的太陽、黑色的瘦馬、黑色的秀斗老人和地平綫上的黑色小風車，看了很可怕，因此沒有買下來。

A」

米克諾斯……，翻遍書店裡的觀光指南並沒找到相關資料。

米克諾斯……，我很快放棄尋找，以爲那種被人類文字世界遺忘之感、很符合阿里薩此刻給我的感覺。

但是在辦公室裡，一名及腰捲髮、女漫畫家打扮的女孩，順手拿起阿里薩的明信片當場尖叫起來：「哇！米克諾斯！」她以英文發音，而且看的只是什麼說明文字都沒有的風景照片那一面。

「眞的有這個島？」我奪過來，審視著那張尋常的藍天藍海白房屋的風景照片，女孩做個「拜託！」的表情，示意要我等一下的轉身離去。

「……（差不多零度）的亮皮黑夾克、墨鏡，太陽很大，天空很藍，因此以爲自己是『愛你想你恨你』裡的亞蘭德倫。我在丘陵野地裡亂騎……」

阿里薩，我們眞的離開那個時代那麼遠了嗎？

冬天的下午不願意上課，幾個人到附近鎮上的破落戲院看兩部同映、票價廿元的電影，期待的心情與電影廣告看板上的肉色多寡成正比，好多的艾曼紐各國遊記，好多的義大利喋喋不休片，當然有時也意外有些大師級的作品莫名其妙溷迹其中。亞蘭德倫，冷酷殺手時代，烤香腸，醃芭樂……，有時冷醒，發覺是在空曠似大倉庫的戲院，觀衆寥落，非英語的陌生外國話廻盪在冷空氣中，好寂寞。

並非因爲銀幕上的男歡女愛畫面，好想好想，找個乖女孩，暖暖的抱在被窩裡，喂眞的我發誓什麼也不做，不做愛，不談心，就只是睡個溫暖的白日覺。

眞的那麼遠了嗎？像這個連米克諾斯都知道、亞蘭德倫洗手不幹殺手後才出生的女孩，就一定不知道亞蘭德倫，她們甚至不知道蔣光超！因爲有回我和一名同爲老芋仔的同事談到某政治人物，形容其醜怪如蔣光超，幾名女孩小鳥合唱一般齊聲問我們蔣光超是什麼人，其中自以爲聰明的還搶著推測，那是孝嚴孝慈同樣散落在民間的手足！

她們這代的特徵就是，理直氣壯的不關心、不知道她們出生前的所有人、事，對她們來說，比她們年長的人就彷彿一個個用過的電池，丟了它都還嫌汚染環境。

是毛姆說過的話嗎？我認爲要讓年輕人們明白「一個人老了，不代表他一定就是傻瓜」，好像不是件容易的事。

那個視我爲用過的電池和傻瓜的女孩拿了兩本書給我，分別都替我翻好並貼上自黏紙，只差沒提醒我褲子拉鍊有沒有記得拉妥。

一本是女性時尚雜誌，連續數頁黑白印刷的GUESS服裝廣告，主題叫做A Holiday for Claudia in Mykonos，以長相及其乳房酷似B.B.（她們一定也不知道是誰，奶油？或甜辣醬？）的德國當紅模特兒克勞蒂亞，用米島爲背景所拍的當季服裝廣告。

另一本是她們整天互相借來借去的村上春樹的某一本書，目錄前有幾頁是村上的照片，其中一張輕鬆的穿著短褲，背景什麼也看不清，一旁的說明是：村上春樹在米克諾斯島。

「老B羊：

這個島叫做羅德島，明信片上的陶器花瓶上所繪的鹿，是此島的標幟，此地的導遊告訴我，我們登港的那個碼頭早先原有一尊脚跨整個港口的巨像，是古代七大奇景（另六大我沒問），後來地震把大銅像震倒了，在港邊一躺九百年，最後被阿拉伯人運走當原料賣，現在只剩人工修過的兩隻青銅鹿。

島上觀光淡季仍很熱鬧，晚上都有遊盪去處。山上林多斯衛城裡的雅典娜神廟，只剩廢石。

逛了一天市集，只買了一把NINA RICCI的折疊女用傘，小小的收隨身包裡很實用，老故事回旅館拆包裝，才發現是台灣製的，難怪超級便宜。

我打算縮短行程，只在此島住三天。

A」

特洛伊的信呢？

「Jackie！」五星級的中庭早餐桌上，我的蓄著小鬍子、大林子祥好幾號的老闆喊醒我。

「Concept marketing！Not product marketing！」

概念行銷。販賣創意。賣腦汁。……我不知道他爲什麼要一再重複所有書上雜誌上都說過的，難道只因爲他是老闆。

「打個比方，Chivas Regal台灣版的，大家想想。」他以大衛杜夫細雪茄指向我，示意我屁一番。

我們討論過的他媽的他又忘記了，難道他是老闆他就可以愛忘記嗎？

奇瓦士威士忌的廣告你一定看過，台灣版用的是一張黑白泛黃的老照片：卅年前，一個高中男生單車載著一個高中女生騎在鄉間小路上，臉上是靦腆快樂的笑容。我們父母那一代的像片簿裡總有類似味道的那麼幾張，大多時候他們都因爲難得拍照，所以努力笑得很開心，但我以爲他們之所以笑得那樣，是因爲他們不知道後來的日子會如此漫長重複無趣，很奇怪他們身處那樣封閉孤絕的時代，卻對未來充滿無限肯定和善意，大異於這些不知道亞蘭德倫蔣光超B.B.是誰的女孩們（其中一名硬要與我們一起回憶蔣中正時，她對這位在我們時代裡與耶穌媽祖如來佛一般偉大的民族救星的記憶，是十分甜蜜的，「我幼稚園大班時候，兒童節放好長好過癮，我記得我們園長好像告訴我們是因爲有一個總統死了，要紀念他幹嘛的。」）

對過去，他們天眞無邪得像個孩子甚至白痴。對未來，他們早衰得彷彿已一眼望穿人生盡頭處，像個消磨晚年、貪戀世事的老人。

我們這一輩已花十年、或必須再花十年，才能洞察或宣告降服的種種價值觀和人生哲學（好的、壞的，利己的、利他的，享樂的、禁欲的，有的、沒有的），他們已熟極而流的行之有年。對這一點，我無意批評他們，並非爲了媚俗（你知道很多我這輩的人就是這樣的，惟恐批評年輕人，因爲那幾乎只說明一個意思，就是，你老了！），我其實很佩服他們對人生爲何能那麼缺乏經歷卻如此老練，我簡直好奇極了他們從成長的白痴生涯到一夕之間十足老手一個，那之中的失落環節究竟是什麼？

「老B羊：

我的行程早已大亂，原來預定的下一個島的旅館早已取消，冬季風浪大，島與島之間聯絡的螺旋槳飛機已好幾天不飛了，我並不急離開，但也如同島上的漁民一樣，天天在碼頭的小酒館等待風平浪靜好出航。屆時我眞羨慕他們一出海就有目標可去、有事可做，最起碼有魚可捕。

我在旅行開始之際，曾想像自己是阿果號上的那些少年英雄們、冒險犯難去尋找金羊毛。老實說尋找金羊毛的故事我完全記不得了，想不起來他們爲什麼非得找到金羊毛不可，可是那一群彼時最優秀俊美高貴的年輕生命、興致勃勃約好共同要做個什麼事（儘管故事外的人看來是沒什麼了不起的事），但對我來說，光這樣就已經夠了。

平心而論，老年對我最大的吸引力，就是可以不用再處理性欲的問題，我說的不是嫖妓或性伴侶或婚姻制度的問題。

基本上，我覺得人類的盛年、黃金時代，無論如何努力做出種種事功，賺錢的，權力的，乃至做學問做藝術的，無非都是在處理性欲問題中、自知不自知所衍生出的各種週邊裝置和副產品罷了，就像一隻求偶期的公孔雀，在牠開始有、和結束生育能力之間的最盛年，窮其心力只專注把自己羽毛打理得如何可比同儕再亮一點美一點，以利於吸引雌孔雀的注目。想想人生不其實就是如此，只是動物們因爲笨，所以誠實些，無法像人類一樣矯飾出如此龐大的花樣、你若堅持稱它爲文明也可以。

老B羊，你該知道我的性欲問題有多嚴重，嚴重到足以把自己的生存意義問倒，而絕對不是那種如何把自己又積累過多的精液、找個乾淨安全花費也不太多的B解決掉，這樣枝節末尾技術性的事了。

我記得在特洛伊的信中有提到、在廢墟中看見一種紫色蒲公英類的花（那簡直比任何言語文字的描述能使我活生生的感覺到，絕世容貌的海倫、可能眞的在幾千年前的一個早晨曾跟我一樣站在同一方寸土地上），小時候好像野地裏也見過，叫做泥胡菜，沒想到這個島上也有，我收了一些種子，旅程結束要是沒搞丟的話，到時候拜託你老婆幫我種種看。

A」

這是我所接過阿里薩的信中，唯一以信封信紙寫的。我努力認著旅館用箋上的印刷字，想知道他目前，不，那時，看看日期，三個月前，是在哪個小島。

奇怪的希臘字猛看就像是寫顚倒的英文，我無法拼出一個可能的發音。……特洛伊的信是寄丟了……

「老B羊：

橄欖樹其實沒有想像中的美，跟以前學校裡那種橄欖樹完全不同種類，我們的是紅葉嫩綠葉不分季節同長一樹，這裡的橄欖樹大多矮小，葉面黑綠，葉背鋁白，樹幹因樹齡大多上百年所以很顯老態，整個看就是一棵金屬樹。

有天起得比較早，卻在林間公路上堵車，堵者是一大群綿羊，趕羊少年因此慌張得極力驅趕羊群，少年長得跟我在博物館裡看的那些阿波羅像一模一樣，但他窘迫羞紅的臉使他更像阿波羅愛上卻不小心害死的美少年們。

我打算在柯林斯多住幾天，神話故事裡識破宙斯的外遇事件，因此被罰在地獄永遠扛石頭的薛西弗斯，就是當時柯林斯的國王。

明信片照片裡的希臘式柱頭是柯林斯式的，最早的是多利克式，斯巴達風的樸實簡單，繁複程度介於二者之間的是愛奧尼亞式。其實我早都忘光了。

A」

我等到的是不關痛癢的這封。

我變得什麼事也不想做，應付完緊張的午餐約會後，一定不交待行踪的在附近一家生意清淡的咖啡座，假裝看報紙的發發呆，這裏空氣清新，因爲禁煙，不久我發現，南歐式麥桿白粉牆上有一幅帕布洛·畢卡索的複製畫，一眼就知道是阿里薩在米克諾斯島看過的那一幅唐吉訶德，黑色的太陽，黑色的秀斗老人……我同時發現自己是在等待特洛伊的那封信。

客戶公司尾牙宴回來的晚上，妻告訴我阿里薩電話留話說，他今晚會在我們常去的一家德惠街的Pub，自然是要我去赴約的意思。

至於我有沒有去赴約呢？你猜猜。猜錯了算你白讀這麼久。

第二天，我必須集中精神看完一份Paper。

——Dennis Hopper也準備拍電視廣告了！

我們時代的英雄。

我和阿里薩當初加入視聽社就是爲了想辦法看他的逍遙騎士。Easy Rider。

始終等不到他的最後一部電影：「最後一場電影」，因爲我們覺得那年冬天在爛戲院裡看爛電影想女孩子的百無聊賴，好像書裡那群有夠無聊的男孩子。

連伍迪・艾倫都拍廣告了……

Come back to the basic。

返樸歸眞。這一季Jim Beam公司的威士忌廣告主題——經過不同年代的不同流行，最後，你還是重拾當初最正統、也最雋永的那個選擇，正如同Jim Beam的KSB威士忌。

一九六九，Jim Beam的平面廣告，Dennis Hopper和約翰・休斯頓把手言歡暢飲該酒，文案說：他們之間沒有任何代溝，因爲兩人一老一少不只會拍電影，而且都愛喝Jim Beam威士忌。

一九六九，丹尼斯・哈潑剛拍完逍遙騎士。意氣風發。

一九六九——我應聲拿起桌上的電話，陌生的女聲熱切的喊我：「賈先生，好不容易找到你，我是影劇記者×××（什麼莉莉），今天清早五點——」

「他自殺了。」

於是，塵埃落定。

「沒想到您已經知道了，我們知道您是他的好朋友，能不能發表一點感想，隨便談，您吃驚嗎？剛接到消息的時候？」

「我一點都不吃驚，只想知道他是用什麼方式？」我誠實的回答和發問。

「眞的您一點都不吃驚？聽說他的父母都驚嚇過度，都在醫院。……聽說是用槍，所以警方正在查。能不能再說明一下，爲什麼您會有這樣的看法？」

能不能說明一下……

我坐在小小的、生意清淡的、南歐式麥桿白粉牆上掛有畢卡索的唐吉訶德的小咖啡館中，翻閱晚報，藉以發呆。

這裡空氣清新，宜於等待，等待窗外的暮色漸漸四合，等待冬天過去，等待我的朋友阿里薩寄自特洛伊的信。

想我眷村的兄弟們

我懇請你，讀這篇小說之前，做一些準備動作——不，不是沖上一杯滾燙的茉莉香片並小心別燙到嘴，那是張愛玲「第一爐香」要求讀者的——，至於我的，抱歉可能要麻煩些，我懇請你放上一曲 Stand by me，對，就是史蒂芬·金的同名原著拍成的電影，我要的就是電影裡的那一首主題曲，坊間應該不難找到的，總之，不聽是你的損失哦。

那麼，合作的讀者，我們開始吧。

即使沒看過原著沒看過電影的你，應該也會立時被那個歌詞敍事者小男生的口吻吸引住吧，一個無聊悠長的下午，他跟屁蟲的尾隨幾個大男生去遠處探險，因爲據說那裡有一具不明死因的男屍，他覺得又驚險又不大相信又拜託眞到目擊的那一刻不要嚇得尿褲才好，於是他鼓足勇氣反覆立誓似的提醒自己：我不怕，我不怕，我一點也不怕，只要你在我這一國，我他媽的一顆眼淚也不會掉！

……歌聲漸行漸遠，畫面上漸趨淸楚的是一個，我不知道該如何形容她，靑春期的大女孩，或小女人，第一次的月經來潮並沒有嚇倒她，她正屛著氣——全沒留意客廳裡傳來的蜂王黑砂糖香皀的電視廣告音樂——專心的把手探在裙下用力拉扯束在裙裡的襯衫，直至確定鏡中的自己胸脯又如小學時候一般平坦，她放心的衝出家門，仍沒看一眼電視畫面上的英倫口香糖廣告，十六歲的甄妮穿著超短迷你裙，邊舞邊唱著「我的愛，我的愛，英倫心心口香糖……」

她跑到村口，冬天有陽光的禮拜六午後，河口沙洲鳥群似的群聚著十幾二十名從兵役期年紀到國小一年級不等的男孩子，村口兩尊不明用途的大石柱之間，凌空橫扯出一條紅布幅，上書「本村全體支持×號候選人×××」，襯著藍色的天空迎風獵獵作響，好像每隔幾年總要張掛那麼幾天，她要到差不多二十年後，離她擁有公民投票權十幾年以後，才百感交集回想起那情景，並初次投下與那紅布條不同政黨的一票。

她盤桓在他們周圍，像一隻外來的陌生的鳥，試圖想加入他們，多想念與他們一起廝混扭打時的體溫汗臭，乃至中飯吃得太飽所發自肺腑打的嗝兒味，江西人的阿丁的嗝味其實比四川人的培培要辛辣得多，浙江人的汪家小孩總是臭哄哄的糟白魚、蒸臭豆腐味，廣東人的雅雅和她哥哥們總是粥的酸酵味，很奇怪他們都絕口不說「稀飯」而說粥，愛吃「廣柑」就是柳丁。更不要說張家莫家小孩山東人的臭蒜臭大葱和各種臭蘸醬的味道，孫家的北平媽媽會做各種麵食點心，他們家小孩在外遊蕩總人手一種吃食，那個麵香眞引人發狂……

可是半年多來不知哪裡不對了，這些朝夕相處了十多年的伙伴，眞的是朝夕相處，像弟弟，就常在她家玩得忘了回家，就跟她們家小孩一起排排睡。毛毛還是她目睹著出生的，那時她跟好多大人小孩擠在毛毛家臥室門口看毛媽慘叫，那次毛毛哥哥得意得什麼樣子，恣意的嚴密挑選與他一國的才准進去觀賞。還有大她一歲的阿三，她與他默默甜蜜的戀愛了快十年。還有大頭，沒有一次不與她大吵或大打出手收場的，不分敵友對她的態度變得說不上來的好奇怪。

她百思不得其解，自認做得無懈可擊，好比她確信經血是有氣味的，她便無時無刻不謹慎選擇站在下風處，以防氣味四散；好比她發現再無法阻止胸脯的日益隆起，痛哭之餘日日展開與它的搏鬥，偷過母親的絲巾把它緊緊綑綁住，或衣服裡多穿一件小學時的羊毛衫把它束得平平的，有一回廝打時被誰當胸撞了一記，當場迸出眼淚差點沒痛暈過去；她甚至偷父親的菸，跟他們一起抽，學他們邊抽邊藏菸的方法，以爲因此取得了與他們共同犯罪的身分，她甚至不願意好好讀書，說不上來的以爲功課破破的或許較利於他們的重新接納她。

當然，要到差不多十年之後，在她大學畢了業，工作了，考慮接受男友的婚約時，才能持平的看待當年那些男孩，不，或該說男人，怎麼可能當她的面談論、揣測她胸脯的尺寸，交換著因爲不知道而無限膨脹神祕引人的性知識，業務機密似的口傳誰家當兵回來的老大刻在機場那邊的外省掛混，下次誰惹了痲煩或跟哪個村子結了樑子可以找他出面擺平；還有唯一在市區裡唸私立中學的大國說車過中山北路看到潘家二姊跟一個美國大兵黏著走路，騷得！隨即每個人把積壓老久的髒話、獸性大發的存貨出清，深喉嚨一樣的口上得到了快感；也有同樣姊姊光明正大結交了美軍男友並快論婚嫁的馬哥，用媽媽的百雀齡面霜抹成「岸上風雲」中馬龍白蘭度的髮型，教幾個年紀大些的男孩一種剛自未來姊夫處學來的新式舞步，可那舞步屢屢被村口唐家開得好大聲的「田邊俱樂部」電視節目中，觀衆所唱的難聽歌聲所擾亂；還有沿著廣場邊緣踱步，一手捲著數學代數課本一手不時在空中演算的丁家老二，每做完一題便又開始跟他們MIT個不完，丁老二的物理老師總愛像回教徒膜拜聖地麥加似的熱烈講述有關MIT的種種神話，聽熟了丁老二的二手傳播的她，要到七十年代初期，才知道MIT的當代意思，不是她熟如家珍的麻省理工學院，而是Made in Taiwan。

因此，不會有人像她一樣，爲童年的逝去哀痛好幾年，乃至女校唸書時，幾個要好的同學夜宿某死黨家，同牀交換秘密的描摹各自未來白馬王子的圖像時，輪到她，她一反其他人的對學歷、血型、身高、星座、經濟狀況的嚴密規定，她說：「只要是眷村男孩就好。」

黑暗中，眼睛放著異光，夜行動物搜尋獵物似的。

那一年，她搬離眷村，遷入都市邊緣尋常有一點點外省、很多本省人、有各種職業的新興社區，河入大海似的頓時失卻了與原水族間各種形式的辨識與聯繫，仍然滯悶封閉的年代，她跟很多剛學吉他的學生一樣，從最基礎簡單的歌曲彈唱起，如 Where have all the flowers gone，並不知道那是不過五、六年前外頭世界狂飆一場的反戰名歌，她只覺那句句歌詞十分切她心意，眞的，所有的男孩們都哪裡去了，所有的眷村男孩都哪裡去了？

她甚至認識了一大堆本省男孩子，深深迷惑於他們的篤定，大異於她的兄弟姊妹們，她所熟悉的兄弟姊妹們，基於各種奇怪難言的原因，沒有一人沒有過想離開這個地方的念頭，書唸得好的，家裡也願意借債支持的就出國深造，唸不出的就用跑船的方式離開；大女孩子唸不來書的，拜越戰之賜，好多嫁了美軍得以出國。很多年以後，當她不耐煩老被等同於外來政權指責的「從未把這個島視爲久居之地」時，曾認眞回想並思索，的確爲什麼他們沒有把這塊土地視爲此生落脚處，起碼在那些年間——

她自認爲尋找出的答案再簡單不過，原因無他，清明節的時候，他們並無墳可上。

他們居住的村口，有連綿數個山坡的大墳場，從青年節的連續春假假日開始，他們常在山林冶遊，邊玩邊偷窺人家掃墓，那些本省人奇怪的供品或祭拜的儀式、或悲傷肅穆的神情，很令他們暗自納罕。

那時候，山坡的梯田已經開始春耕，他們小心的避免踩到田裡，可是那田埂是個難走的，一踩一攤水，其實那時候到處都是水，連信手折下的野草野花也是莖葉滴著水，連空氣也是，潮濛濛的，頭髮一下就溼成條條貼在頰上。平常非必要敬而遠之的墳墓，忽然潮水退去似的露出來，他們仗著掃墓的人氣一一去造訪，比賽搶先唸著墓碑上奇怪拗口的刻字，故意表示膽大的就去搜取墳前的香支鮮花……

可是這一日總過得荒荒草草，天晚了回家等吃的，父母也變得好奇怪，有的在後院燒紙錢，但因爲不確知家鄉親人的生死下落，只得語焉不詳的寫著是燒給×氏祖宗的，因此那表情也極度複雜，不敢悲傷，只滿佈著因益趨遠去而更加清楚的回憶。

原來，沒有親人死去的土地，是無法叫做家鄉的。

原來，那時讓她大爲不解的空氣中無時不在浮動的焦躁、不安，並非出於青春期無法壓抑的騷動的氾濫，而僅僅只是連他們自己都不能解釋的無法落地生根的危機迫促之感吧。

他們的父母，在有電視之前而又缺乏娛樂的夜間家庭相聚時刻，他們總習於把逃難史以及故鄉生活的種種，編作故事以饗兒女。出於一種複雜的心情，以及經過十數年反覆說明的膨脹，每個父家母家都曾經是大地主或大財主（毛毛家祖上有的牧場甚至有五、六個台灣那麼大），都曾經擁有十來個老媽子一排勤務兵以及半打司機，逃難時沿路不得不丟棄的黃金條塊與日俱增，加起來遠超過俞鴻鈞爲國民黨搬來台灣的……

曾經有過如此的經歷、眼界，怎麼甘願、怎麼可以就落脚在這小島上終老？

不知在多少歲之前，他們全都如此深信不疑著，而不知在多少年之後，例如她，漸與幾個住在山後的本省農家同學相熟，應她們的邀約去作功課，很吃驚她們日常生活水平與自己村子的差距：不愛點燈、採光甚差連白日也幽暗的堂屋、與豬圈隔牆的毛坑、有自來水卻不用都得到井邊打水。她們在曬穀場上以條凳爲桌作功課，她暗自吃驚原來平日和她搶前三名的同學每天是這樣作功課、準備考試的。

作完功課，她們去屋後不大卻也有十來株柚子樹的果林玩辦家家，她看到同學的母親完全農婦打扮、口上發著哩哩聲在餵雞鴨，看著同學父親黃昏時在曬場上曬什麼奇怪藥草，她覺得惆悵難言。

後來每年她同學庄裡一年一度的大拜拜都會邀她去，她漸漸習慣那些豐盛卻奇怪的菜餚，也一起跟著農家小孩擠看野台戲，聽不懂戲詞但隨他們該笑的時候一起笑。從不解到恍惚明白他們爲何總是如此的篤定怡然。

村裡的孩子，或早或遲跟她一樣都面臨、感覺到這個，約好了似的因此一致不再吹噓炫耀未曾見過的家鄉話題，只偶爾有不更事的小鬼誇耀他阿爺屋後的小山比阿里山要高好幾倍時，他們都變得很安靜，好合作的假裝沒聽見，也從來沒有一個人會跳出來揭穿。

便趕緊各自求生吧。

男孩子們通常都比較早得面臨這個問題，小學六年級，在國民義務教育還沒有延長成九年之前，他們好吃驚班上一些本省的同學竟然可以選擇不考試不升學（儘管他們暗自頗爲羨慕），而回家幫家裡耕田，或做木工、水電工等學徒。而他們，眼前除了繼續升學，竟沒有他路可走，少數幾個好比陳家大哥寶哥，有一年一家電影公司在山上相思林拍武俠片時，他從圍觀看熱鬧的到自願以一個便當的代價拍一個挨男主角踢翻的鏡頭，到幫他們扛道具上卡車，到工作隊離開時他連換洗衣褲都沒帶的跟著走了。

這個不知爲什麼顯得很駭人的例子傳誦村裡十數載，簡直以爲他就這樣死了，要到差不多二十年後，他們之中有看影劇版習慣的人，便會在影劇版最不起眼的一個小角落發現他才四十出頭就肝癌英年早逝身後蕭條只遺一個幼稚園兒子的消息，才知道原來他這些年跟他們一樣一直存活著，一直在某電視台做戲劇節目的武術指導。

「噢，原來你在這裡……」她邊翻報紙喟嘆著。

彼時報紙的其他重要版面上，全是幾名外省第二代官宦子弟在爭奪權力的熱鬧新聞，她當然都仔細閱讀，卻未爲所動，也不理會同樣在閱報的丈夫正因此大罵她所身屬的外省人（她竟然違背少女時代給自己的規定，嫁給了一個本省男人）。

其實這些年間，她曾經想起過寶哥，僅僅一次，在新婚那夜。

那時丈夫正把鬧完洞房的同事朋友給送出門，她沒力氣再撐起風度聽他們的笑謔，便獨自先返回臥室，不點燈，怕面對那陌生之感，也有些害怕即將要發生的事。這固然與她尚是處子之身有關，但大概是這幽黯陌生的新居臥室的緣故，她忽然遺失掉長期以來做個現代都會女性、性知識只會過份充足的身分，立時回到了另一間同樣昏暗的陌生臥室，寶哥家的臥室，她大概是小學二三年級，正和寶哥的妹妹、貝貝一干自組的黃梅調劇團在翻找毛巾被單扮古裝，她正在地上找髮夾時，隨手拾起一本沒有封皮的舊書，她好奇的凑在五燭光的燈泡下翻閱，那是一本用粗俗挑逗的筆調寫的性知識書，對她而言聞所未聞，因此看得十分專注，看到教導男子如何挑動處女，以及把處女弄破時要如何止血，好像曾聽到貝貝的警告：「那個是我哥的，他不准人家看嘅。」

她看到教人由嘴唇、乳房、以及坐姿判斷處女與否時，她忽然才感覺到四周非常安靜，她抬頭，看到房門處有個高大的身影，也才發覺貝貝她們什麼時候全跑光了，但她立刻感覺出那個穿著父親軍汗衫的身影是寶哥，她棄了書，小聲的喊了一聲寶哥，寶哥也不答話，慢慢，又好像很快的走近她，呼吸聲好大，走到近燈處，她被他那雙像貓一樣發出燐光的眼睛嚇傻了。

然後其實什麼事也沒發生，她靈巧迅速的跑出那間臥室，跑出寶哥家，跑到日光下，那段記憶，便像底片見了光，一片空白，那些第一次對性事的固陋、村俗的印象，便牢牢給關在那間臥室，甚至日後在光天化日下看到寶哥也無啥殊異之感，因此竟然眞的再沒起想過他，直到新婚夜。那時她想，寶哥作夢也不會想到吧，竟然有個女孩子在一生中重要的那一刻時光裡曾想到他，儘管是那樣一種奇怪的方式。

其實不只寶哥，還有很多很多的男人，令很多很多的女孩在她們的初夜想到他們。他們大多叫做老張、或老劉、或老王（總之端看他們姓什麼而定）。

通常一個村子只有這樣一名老×，因爲他單身，又且遠過了婚齡大概再沒有成家的可能，又往往僅是士官退伍，無一技之長，便全村合力供養他似的允許他在村口的村自治會辦公室後頭搭一間小違建，貼補他一點錢，自治會的電話由他接，一些開會通知由他挨家挨戶送，路燈壞了也由他修，他村的半大男生結夥來本村挑釁時，他會適時出來干預，冬天在村外圍一堆小孩看他烤一隻流浪來的小黑狗，夏天在發出濃烈毒香的夾竹桃樹下剝蛇皮煮蛇湯的，就是老×。

他們通常大字不識一個，甚至不識自己的名字和手臂上刺青的「殺朱拔毛」「反共抗俄」，但他們是村裏諸多小孩的啓蒙師，他有講不完的剿匪戰役、三國水滸、或鄉野鬼怪故事，儘管他們的鄉音異常嚴重，可是小孩們不知怎麼都聽得懂；儘管他們的住屋像個拾荒人家，可是小孩簡直覺得那是個寶窟，有很多用桐油擦得發亮的子彈頭（你若願意在停電的夜晚跑過可怕的公墓山邊、替他到大街上買一瓶酒回來的話，他大概會送你一顆），有不明名目的勳章，有各種處理過的蟲屍蛇皮，有用配給來的黃豆炒成的零嘴兒，還一定有撲克牌、殘缺不全的象棋或圍棋，而且他會教你下，替你算命。

然而，總要不了太久（端看那名老×的性欲和自制力而定），常出沒其間的小孩們就會起一種微妙的變化，當孩子們裏必然會有的那個比較好吃、或嬌滴滴愛撒嬌、或膽怯不敢違拗大人的……，我們叫她小玲吧，當小玲也來老×的破巢時，其他小孩便如同動物依本能的遠離一隻受傷病痛的同伴似的遠遠離開小玲，離開小屋……

大多數小孩並不知道空氣中的不安和危險是什麼，只有那幾個膽大些的小男生，終於有一天，會躲在窗外好奇偷窺，他們通常會看到老×與小玲做奇怪的事，不是他褪去衣褲，就是把小玲也褪去衣褲，這些老×通常因爲自己的性能力以及謹愼怕事的緣故，不致把小玲弄流血或弄到晚上洗澡時會被母親發現的地步，但通常小男生們不及看到這裏就已經全跑掉了，基於一種好像闖了禍的心情，他們都不告訴其他同伴，甚至也不警告自己的姊姊妹妹，而且他們仍然出沒老×的小屋，有時聽故事或下棋的空檔，會剎那間失神，盯著老×的褲襠並回憶他的大鷄巴，沒有任何評價的只覺得哇操他眞是一頭大獸王！

至於小玲，早晚有一天，會在與女伴交換秘密時講出老×對她做的事，她得到的反應通常有兩種，一是對方立時也眼淚汪汪、抓緊她的手，不管以後她們還有沒有再去老×處，但童年時光裏她們大概會是一對最要好的朋友。不過比較多的反應是，對方漸聽漸露出陌生警戒的目光，悄悄退去，遠離，不一定會洩漏出去這個秘密，但同伴們都動物一樣的迅速感受到這個訊息，一點不想探究的也離小玲遠遠的，任她自生自滅。

但是好奇怪的這些訊息永遠只能橫的傳開，都不會讓小她們幾歲的弟弟妹妹們知道，因此每一屆都無可避免的或多或少有幾名小玲。當唸中學的老小玲發現妹妹及其同伴有些神秘難言的行跡時，比較大膽的老小玲就會喝斥妹妹：「叫妳們不要去老×家玩！」「你小心讓媽知道了好看！」

罵完不禁奇怪為什麼自己從來沒想過告訴媽媽。每一個小玲差不多都如此，以致那些老×們都得以安然活到二十、三十年後，當這些小玲們陸陸續續結婚，或與心愛男友的第一次，都會想起那個遙遠年代遙遠村子遙遠小屋的老×，比較傳統保守的小玲們擔心自己的處女膜可還完好，健康開朗些的小玲們則流下衷心快樂的淚水，深深感激撫在自己身上的、不再是一雙遲疑卻又貪婪的蒼老的手，而是如此的年輕有力、清潔、有決心……

這些自然是老×們想都想不到的，因為在那一刻的同時，老×們正全心全意發愁手膀上的那些刺青可要如何去掉、以利於他們的返鄉探親。有大膽些的人便率先去整型外科處割掉那片刺青的皮膚，所以，假若你在八七—八八年間，在街上看過年近七十，單手膀上裹著白紗布綳帶的外省老男人，沒錯，他就是老×，……連你都無法想像吧，他們正是多少女孩在初夜會想起的男人，當然，至此我們已不用去追究她們是基於何種心情了。

看到這裏，你一定會問，那媽媽呢？媽媽們哪兒去了？都在幹什麼？不然怎麼會如此的疏於照顧保護子女？

媽媽們大概跟彼時普遍貧窮的其他媽媽們一樣忙於生計，成天絞盡腦汁在想如何以微薄的薪水餵飽一大家子。若是大陸來的媽媽，會在差不多來台灣的第十年，變賣盡最後一樣金飾後，在那一年的農曆新年一橫心，把箱底旗袍或襖子拿出來改給衆小孩當新衣，勿需丈夫們解說該年九月的雷震事件，或是進一步的洩露軍機，她們比什麼人都早的已與朝中主政者一樣自知回不去了。

媽媽們通常除了去菜場買菜是不出門的，收音機時代就在家聽「九三俱樂部」和「小說選播」，電視時代就看「群星會」和「溫暖人間」，要到誰怕誰的時代才較多人以麻將爲戲，不再理會眷補證上印的可怕罰則（例如第一次抓到斷糧×個月，第二次抓到……），通常法太嚴則不行，若有誰家明目張膽傳出麻將聲，幾天後，該鄰官階最大的那位太太就會登門不經意的閑聊懇談一番，當然，若打麻將的那家就是該鄰或該村官階最高的，也就是住家坪數最大、最先拆掉竹籬笆改蓋紅磚圍牆、最先有電視的那家，此事大約就不了了之了。

但往往媽媽們的類型都因軍種而異。

空軍村的媽媽們最洋派、懂得化妝，傳說都會跳舞，都會說些英文。陸軍村的媽媽最保守老實，不知跟待遇最差是否有關。海軍村的打牌風最盛，也最多精神病媽媽，可能是丈夫們長年不在家的關係。憲兵村的媽媽幾乎全是本省籍，而且都很年輕甚至還沒小孩，去他們村子玩的小孩會因聽不懂閩南語、而莫名所以的認生不再去。

最奇怪的大概是情報村，情報村的爸爸們也是長年不在家，有些甚至村民們一輩子也沒見過。他們好多是廣東人，大人小孩日常生活總言必稱戴先生長戴先生短，彷彿戴笠仍健在且仍是他們的大家長。

情報村的媽媽們有的早以寡婦的心情過活，健婦把門戶的撐持一家老小，我們可依其小孩的年紀差距推斷出丈夫每次出勤的時日長短。另有些神經衰弱掉的媽媽們則任一窩小孩放野牛羊似的滿地亂跑，自生自滅。做小孩的都很怕學期開始時必須塡的家庭調查表，有一個長年考第一名的女孩甚至快要受不了的伏桌痛哭起來，深怕別人發現她的與衆不同，因爲父親工作要掩護身分的關係，一家都跟母親的姓，她覺得很難堪，乃至曾有一名小玲以老×的事與她交換最高機密時，她都違背約定的堅不吐實。

至於那些爲數不少、嫁了本省男子、而又在生活中屢感不順遂——例如丈夫們怎麼不如記憶中的外省男孩肯做、必須分擔家事，因此斷定他們一定受日據時代大男人主義遺風影響所致：例如每逢選舉，她都必須無可奈何代替國民黨與丈夫爭辯到險險演成家庭糾紛——因而會偶覺寂寞的想念昔日那些眷村男孩都哪兒去了的女孩兒們，我在深感理解同情之餘，還是不得不提醒妳們，不要忘了妳曾經多麼想離開這個小村子，這塊土地，無論以哪一種方式。

記不記得妳在成長到足以想到未來的那個年紀，儘管妳還正在和村中的某個男孩戀愛，那些個乘涼或看「晶晶」連續劇、父母因此無暇顧及的夏日夜晚，滿山的情侶（之前或之後，妳會在田納西·威廉電影裏發現到幾乎一模一樣的情景，保守、炎熱、父權、壓抑的南方小鎭裏那些在夜間冶遊、無法說明自己的心靈和身體在飢渴些什麼的大男孩大女孩），你們在喧天的蟬聲裏一面發高燒似的熱烈探索彼此年輕的身體，一面在心裏暗暗告別，自然大多的告別是因爲沒考上學校的男孩就要去服役或唸軍校了，但更多時候，是女孩們片面好忍心的決定。

記不記得？妳，錯過時機尚未走成的女孩——五十年代，嫁黑人嫁GI去美國的；六十年代，出國唸書或去當歌星影星，因爲發現唯有此業是收穫耕耘可以大不成比例，宜於經濟起飛年代一無本錢而想一夜致富的人從事——，妳漸漸很不耐煩老在村口克難球場群聚終日的那些等待兵役期、抽菸打屁、除了打球無所事事的幼時玩伴（儘管他們曾經是妳太想一道溷跡終老的伙伴），並非因爲妳行經那兒時，總會飄出幾句發自其中一名剛屆青春期的男生洩慾式的髒話，影射妳的身材尺寸或器官、或大喊一聲：「×××的蜜斯！」也並非有些男孩變得粗壯似野獸、並且也發出野獸一樣很讓妳覺得陌生不安的目光和嗓音……

妳只隱隱覺得，那些幼時常與你一道在荒山裏探險開路冶遊的伙伴，不再足以繼續做妳意欲探險外面世界的伙伴，妳甚至不願意承認妳快看不起他們、覺得他們對未來簡直有點不知死活。

於是，你會在離家唸大學或開始就業時，很自然的被那些比起妳的眷村愛人顯得土土的、保守沉默的本省男孩所吸引，儘管他們之中也多有家境比眷村生活還要窘困，或比眷村男孩的動輒放眼中國、放眼世界的四海之志要顯得胸無大志得多，但他們的安穩怡然以及諸多出乎妳意料的對事情的看法，都使得妳窒悶的生活得以開了一扇窗，透了口氣。儘管多年後妳細細回想，當初所感到的窒息鬱悶也許並非全然因爲眷村生活的緣故。

離開眷村而又想念眷村的女孩兒們，我深深同情妳們在人群中乍聞一聲外省腔的「他媽的（音踏、馬的）」時所頓生的鄉愁，也不會嘲笑有人甚至想登尋人啓事尋找幼年的伙伴或甚至組個眷村黨，因爲她不甘願承認只擁有那些老出現在社會版上、僅憑點滴資料但照眼就能認出的兄弟們（如×台生，山東人，籍設高雄左營、或岡山、或嘉義市、或楊梅埔心、或中和南勢角、或六張犁、南機場……那些個從南到北、自西徂東、有名的大眷村集結之地）。也不願意搭計程車時，聽到司機問：「妳要去ㄌㄚˇ裏？」以及一遇塞車就痛罵國民黨和民進黨的，妳望著他後腦勺的幾莖白髮，當下可斷定他是那批氣宇軒昂意氣洋洋、專修班出來還志願留營以盡忠報國，而後中年退伍不知如何轉業的

×家×哥……，除此之外，眷村的兄弟們，你們到底都哪裏去了？

所以妳當然無法承受閱報的本省籍丈夫在痛罵如李慶華、宋楚瑜這些權貴之後奪權鬥爭的同時，所順帶對妳發的怨懟之氣，妳細細回想那些年間你們的生活，簡直沒有任何一點足以被稱做既得利益階級，只除了在推行國語禁制台語最烈的時代，你們因不可能觸犯這項禁忌而未曾遭到任何處罰、羞辱、歧視（這些在多年後妳丈夫講起來還會動怒的事），儘管要不了幾年後，你們很快就陸續得爲這項政策償債，妳的那些大部分謀生不成功的兄弟們，在無法進入公家機關或不讀軍校之餘，總之必須去私人企業或小公司謀職時，他們有很多因爲不能聽、講台語而遭到老板的拒絕。

大概非眷村，或六十年代後出生的本省外省人都無法理解，很多眷村小孩（尤其他們居住的若是個有菜市場、有小商店、飲食店及學校等的大眷區），在他們二十歲出外讀大學或當兵之前，是沒有「台灣人」經驗的，只除了少數母親是本省人，因此寒暑假有外婆家可回的，以及班上有本省小孩且你與他們成爲朋友的。至於爲數衆多的大陸籍媽媽們，十數年間的唯一台灣人經驗就是菜市場裏那幾名賣菜的「老百姓」，因此她們印象中的台灣人大致可分爲兩種：會做生意的，和不會做生意的。

正如妳無法接受被稱做是既得利益階級一樣，妳也無法接受只因爲妳父親是外省人，妳就等同於國民黨這樣的血統論，與其說妳們是喝國民黨稀薄奶水長大的（如妳丈夫常用來嘲笑妳的話），妳更覺得其實妳和這個黨的關係彷彿一對早該離婚的怨偶，妳往往恨起它來遠勝過妳丈夫對它的，因爲其中還多了被辜負、被背棄之感，儘管終其一生妳並未入黨，但妳一聽到別人毫無負擔、淋漓痛快的抨擊它時，妳總克制不了的認眞挑出對方言詞間的一些破綻爲它辯護，而同時打心底好羨慕他們可以如此沒有包袱的罵個過癮。

然而其實妳並非沒有過這種機會，記不記得有幾次妳單獨攜小孩回娘家的時候，妳不也是如此在晚飯桌上邊看電視新聞邊如此大罵國民黨嗎？只因爲從政治光譜上來看，此時沒有人（妳丈夫）站在妳的左邊，所以妳可以難得快樂的扮個無顧忌的反對者，只因爲妳很放心這種時候妳的右邊總會有人（妳老爸）出來，爲這個愛恨交加、早該分手的黨辯護。

妳大概不會知道，在那個深深的、老人們煩躁歎息睡不著的午夜，父親們不禁老實承認其實也好羨慕妳們，他多想哪一天也能夠跟妳一樣，大聲痛罵媽啦個B國民黨莫名其妙把他們騙到這個島上一騙四十年，得以返鄉探親的那一刻，才發現在僅存的親族眼中，原來自己是台胞、是台灣人，而回到活了四十年的島上，又動輒被指爲「你們外省人」，因此有爲小孩說故事習慣的人，遲早會在伊索寓言故事裡發現，自己正如那隻徘徊於鳥類獸類之間，無可歸屬的蝙蝠。

總而言之，你們這個族群正日益稀少中，妳必須承認，並做調適。

然而其實只要妳靜下心來，憑藉動物的本能，並不困難就可在汪洋人海裡覓得昔年失散、或遭妳遺棄的那些兄弟們的踪跡：那個幹下一億元綁票案的主謀，妳在還來不及細看破案經過以及他的身分簡介時，只見他向記者們朗朗上口的詩句：「慷慨歌燕市，從容作楚囚，引刀成一快，不負少年頭。」妳不是脫口而出：「啊，原來你在這裡！」

初中那年，妳們不是曾經被一個新來的國文老師所迷惑，只因爲那位五十來歲、一口湖北腔的單身男老師總喜歡講課本以外的東西，他就曾經含著眼淚，以平劇花臉的腔調誦完少年汪精衛這首刺攝政王失敗的「獄中口占」，妳不是還邊認眞的把全詩抄在課本空白處，邊疑惑妳所學過民國史裡的大漢奸賣國賊、怎麼也有這種看似像個人的時候，那個國文老師大概正因爲老是觸犯此類禁忌之故，學期結束就又他調。

多年後，妳猜他絕對不知道自己當年曾開啓多少熱血少年的心志，又或讓他們以爲找到了使他們動機看似神聖正義的理由。

所以，原來當初那些盤據在村口、妳覺得他們只敢跟自己人或別眷村好勇鬥狠、卻沒膽出去闖盪世界的×哥×弟們，就在他們中間，就在妳要棄絕他們的同時，有人正在磨刀霍霍，結群結黨，暗暗在全島幹下無頭搶案數十起並殺人如麻，破案時，妳不須細看報上的說明他們這個強盜集團是新竹光復路某某眷村的子弟，妳僅憑他戴著手銬脚鐐的相貌就可呼出他的小名；乃至十數年後遠赴美國深信自己是爲國鋤奸的×哥，妳絲毫不吃驚他僅僅不過想印證那句奉行半生的：「引刀成一快，不負少年頭！」

當然村口的那些兄弟們不盡都是如此之輩，一名溷跡其中、跟其他很多人一樣去跑船的沈家老大，二十年後，妳不難在報上的訪問他中，清楚嗅出他的眷村味兒，當大約舉國都不相信他要把那塊唐榮舊址變更爲商業用地並非只爲了賺取暴利，而是想蓋一幢他做海員時在其他美麗的國家看到的美麗建築時，大概只有妳相信他所說的是眞話，並驚歎且同情這名身價百億的成功證券商，爲何還可憐兮兮如妳們十數年前、對國家如此抽象卻又無法自拔的款款深情。

類似此的還有那個、有沒有？好像是第五鄰第一家，在家門口開個早餐攤，常幫媽媽洗洗弄弄找錢的王家煊哥，三十年後，妳每見他以財政部長的身分在報章、電視等媒體大力推銷他的政策時，妳以女性的直覺並不懷疑他的操守、用心、專業有何問題。只是他那股言談間瀰漫不去「以國家興亡爲己任」的濃濃眷村味兒，讓你覺得因爲太熟悉了而反倒心煩意亂，但畢竟也每足以讓你百感交集的喟歎「噢，原來你在這裡，眷村的兄弟。」

所以，那些兄弟們，好的、壞的（從法律觀點看）、成功的、失敗的（從經濟事功看）、存在的、不存在的、有記憶的、遺忘症的、記憶扭曲的……，請容我不分時代、不分畛域的把四九—七五（蔣介石消逝、神話信念崩潰的那一年）凝凍成刹那，也請權把我們的眼睛變做攝影機，我已經替你舖好了一條軌道，在一個城鎮邊緣尋常的國民黨中下級軍官的眷村後巷，請你緩緩隨軌道而行——音樂？隨你喜好，不過我自己配的是一首老國語流行歌「今宵多珍重」，上過成功嶺的男生都該會記得吧，每天晚上入睡前營區放的：南風吻臉輕輕，飄過來花香濃；南風吻臉輕輕，星已稀月迷濛……

我們開始吧——

不要吃驚，第一家在後院認眞練舉重的的確是，對，李立群……，除了喘氣聲，他並沒發出任何噪音，因此也沒吵到隔壁在燈下唸書的高希均和對門的陳長文、金惟純、趙少康……

我們悄聲而過，這幾家比較有趣得多，那名穿著阿哥哥裝在練英文歌的是歐陽菲菲，十六歲但身材已很好的她，對自己仍不滿意，希望個兒頭能跟隔壁的白嘉莉一樣。當然你不會吃驚看到第四家的白嘉莉正披裹著床單當禮服，手持一支仿麥克風物在反覆演練：「各位長官、各位來賓，今天我要爲各位介紹的是……」

別看呆了！你。第五家湊在小燈泡下偷看小說的那個小女孩也很可愛，她好像是張曉風、或愛亞、或韓韓、或袁瓊瓊、或馮青、或蘇偉貞、或蔣曉雲、或朱天文（依年齡序），總之她太小了，我分不出。

當然不是只有女孩子才愛看閑書，我們跳過一家，你會發現也有個小兄弟在看書，什麼？你連蔡詩萍和苦苓都分不出!?都錯了，是張大春，所以我們頂好快步通過，免得遭他用山東粗話噌，是啊！他打從小就是這個樣兒……

隔壁剛作完功課、正專心玩辦家家的一對小男生小女生，看不出來吧，是蔡琴和李傳偉。當然也有可能是趙傳和伊能靜。

第九家，一名小玲默默在洗澡。

第十家，漆黑無人，因爲在唸小學的正第、正杰兄弟倆陪母親去索討父親託人遺下的安家費，他們就是我們提起過的情報村的，打從他們一家遷居至此，村民們就從沒有看過他們的父親，直至差不多三十年後……

第十一家……

（我倆臨別依依，要再見在夢中。）

……

啊！

想我眷村的兄弟們。

從前從前有個浦島太郎

在秋天，日夜等長的季節，他回到這個城市。

用不著看第二眼，就知道這是一個人們漫不經心卻又傾盡全力所建造的潦草城市。

爲了持續的保護自己，他好會寫檢舉書，當然在文件上，他名之爲「聲明疑義異議書」，投寄對象不一，最早是管區警察（但不久他就發現管區的某警員就是監視他的諜報員），後改爲某市議員，但該市議員在他投訴六封之多後，只回了一薄本印刷精美、過期的競選政見手册。

因此目前他同時進行兩個對象，一是該區選出的新立委，一是昔年他的大學同班同學，現在某公立大學政治系任教的黃新榮教授。

花了好多的郵費和影印費（他非常謹愼的一定保留影印本），他斷定他所居住地區的郵政支局有了問題，他常收不到該收到的信，他也彷彿寄不出哪怕是附了雙掛號的郵件。

那日，他寫了封檢舉該支局的函件，突破他日常在城市中的動線，確定無人跟監後，到北門的夜間郵局去，苦苦思索一個晚上，想不出投遞的對象，最直覺的當然第一個想到郵政總局局長，但是官官相護的必然結果，即使昇高到行政院長，他也不清楚是否可能都已被諜報系統收買或控制。但爲了不晚過最後一班公車時間，他到底在信封上胡亂的寫了一個陌生的單位。

掛號窗口排隊等候之時，他瞥見排他前面一名的老芋仔，手中持的信封上，毛筆字工整的寫著「臺北市　總統府　蔣經國尊鑒」，寧靜等候的神態讓他駭然，突然困惑起小蔣死了已兩年的事是作夢還眞的，還沒輪到他，拔腳離去，那一行人手一信安靜的隊伍，好像一列等候買票去陰間的人。

或許拜託老蔡吧，投入一個尋常路邊的綠色平寄郵筒，他不信現今的特務能效率如此高的布防全城的每一個郵筒。

當晚，他又將前時密集投送的「反對十二年國民義務教育」一式謄寫二份，一寄國民黨黨報（以免動機被抹黑、抹紅），一寄該區立委，無論如何他要在此事成真之前，盡一切力量阻止，否則國教一旦延長成十二年，他的孫子君君，會因爲祖父過往的紀錄，名正言順的遭到不公不義的待遇。聰明的君君，憑實力一定可以考上好高中的君君，特務們正可以勾結老師，做出無法讓他升學的評鑑。

他輕易的又被猛烈襲來的強烈恐懼激怒得無法入睡，於是在心不在焉上完廁所後，繼續進行近來著手的意見書，關於同性戀、戀物癖、手淫、口淫、獸姦……，這些他曾經待過的世界中極其普通尋常的事，竟是他睽違三十幾年的城市如此風行公開的事，其實，他是贊成的，從人口控制的觀點看來，這些都足以充分發洩性慾而無人口爆炸之虞，但是具有同樣功效同樣風行的獨身、自殺、監禁、閹割（避孕），他卻無法苟同，選擇獨身、閹割的人，該是對人類的前途感到悲觀、謹愼的人吧；自殺者，該是對自己生命負責、自制、有思省能力的表現；至於受監禁者，無論如何就人類這種動物來說，他們是仍保有動物冒險犯難、充滿變異特性的稀有族群。然而後面這些人種的注定減少消逝（自殺、監禁、獨身），劣幣驅逐良幣的將是一個愈來愈趨疾弱的人們的世界，所以，……

所以，他思索了好多日，並歸納不出個結論來，好比因此他應該要主張什麼、反對什麼。結論遲遲出不來，他倒花大部分的時間在憂煩這番意見該投訴哪裏才適合，與什麼人的利益、立場可能一致，與什麼人的又相衝突，當然首先他必須突破那無所不在、反對、封殺他的特務集團。

凌晨四點多，循例廚房內起了似宵小似老鼠的摸索聲，那是他的妻起床的時間，妻通常看完八點檔連續劇就與君君一道入睡，四點多，至遲不會晚過天亮時刻，他與妻像衛兵一樣的換班，不點燈，不發一言，錯身經過餐廳旁窄窄的甬道，從沒碰撞過彼此一下。

他從來不知道在他入睡後的妻，在做什麼，離清晨市場還有一段時間，他甚至不知道這段時間她在不在家，他只覺不方便探究，如同不便探究他的妻、子這三十年來是如何過的。兩年多來，他無時無刻不小心翼翼，他不希望因爲自己的闖入，帶給任何人任何的不便與改變。

屬於他的睡眠時間，通常只有四個多小時，但他因此都睡得很沈，不用作夢。醒來的時候，自然也非從迷茫的亂夢中掙扎起，那時床前通常已站著自己吃好早點、穿好幼稚園圍兜的君君，正大力搖晃著他的腿，憂愁的臉色因他的終於醒來而乍現笑容，大概沉眠、削瘦、久搖不醒的老人，總給即使才六歲的小孩也感覺得出的一種死亡的恐懼無常感吧。

已經是第三年了，從開始接送君君上幼稚園。

起初，爲了擺脫特務的跟踪，每天換不同的路線，但是二十分鐘不到的脚程，實在變不出太多花樣，漸漸的，變得其實好規律，禮拜一走A路，禮拜二走B巷，禮拜三穿越C工地，禮拜四走D老市場街（因爲每星期的那一天會有一個賣金魚的小販出現），禮拜五……。尤其其中一個路口建地下道建了兩年，一個菜園正興建七樓電梯公寓，一條小巷被人家擅自圈了做修車廠，這都使得他可行的路憑空少掉一半。

剛開始時，還得分神應付啼哭不願上學的君君。他抱著君君，逃難似的四顧張惶，怕他的號啕聲便於引來可能剛才擺脫的特務，有次情急，未估量距離的跳跨過菜園裏的糞池，穩不住重心的栽倒在一叢野草堆中，君君被他突然的大動作嚇得止了哭，他則被一種強烈的熟悉氣味攪迷惑了，身下被他壓折的種種野草一致發出攻擊性的毒味兒，他半天動彈不了，沉入其中，好奇的努力解析著：有夭折小楊桃果落土後的腐爛，淌著澀綠汁液的尤加利，頻頻被修剪成尖塔狀的龍柏的宿命，生氣的脚步踐踏過後的軟芝草坪，開滿印度蓮的水池邊，么妹與鄰居小孩仰起臉來不怕被拒絕的邀請他一起用餐，紅瓦片中的荊芥花泥、穗狀的檳榔花飯、竹葉編作的鷄腿、黃泥巴米醬湯、充滿黏液的石蒜細葉麵線，飯後水果有一大盤，早夭的龍眼落果、七里香艷紅的果實、美人蕉有黑有白的種子、桃樹樹幹上取下的半透明的樹脂（強被揉塑成圓形以致上面布滿了各家指紋）、龍葵的黑甜籽（只有這樣眞的可吃）、一旁的兩支從父親診療室偷來的廢棄空藥瓶分別裝著螞蟻洞口的細泥粒做鹽或糖、另一瓶做醬油的大概眞的是從廚房裏偷來的……

他未停下脚步的行過她們，清楚感覺到被凌遲的植物們發出的強烈求援氣味。更多時候，他躺在曬得到日光的二樓榻榻米上讀樂譜，只要掉頭向窗，就可輕易看到尤加利樹上的父親，有種種日本人生活習性的父親，仿效日人每年的修直杉樹，但亞熱帶植物的強悍生長方式簡直激怒父親，只要規律作息之外的任何時間，他都賭氣似的隨時反覆修剪院牆外的三十幾株尤加利，不接受任何人幫忙，不准母親站在梯下仰臉請求並提醒他已四十幾或五十歲了。

那時候，他翻身伏在榻榻米上，讓日光照在裸露的腿肚，他舒適的深深感歎，列寧說，我們是布爾喬亞的空談者……

高與他窗齊的檳榔剛過花期，被日光炙燒出一種溫香，與新被剪過的種種植物混合成似有形體的一面網路，透過那層氣味，他望見樹上猴子似的父親，一手緣樹，一手拿鋸子，……革命巨斧既能伐木，又何必剪枝。至今他都記得這句話曾經給他如何劇烈的戰慄與興奮。

這一天，他和君君選了一條通衢大道，原因無他，路口新開了一家超商，每天都會推出種種特價的新奇事物，君君不進去略事盤桓是決計不肯順利上學的。

攔路大盜似的那家商店之於他，他堅決除付帳時不願進去，但因爲君君，什麼時候他淡去了怨憎，只剩口頭禪的唸叨，「這些資本主義！」要到好幾天後纔認出映在光鮮玻璃門上白雜鬢髮、寬襯衫寬褲腿稻草人一樣的是自己。其實，他很願意穿得整齊些、好些，起碼像路上的其他普通人，總不致引人、當然尤其是特務們的注目。……可是竟然有一種困難，他原來打算撿拾的那些兒子的衣服，小襯衫領、打了縐摺的寬腿褲，是記憶裏父親輩的歐幾桑穿的，他以爲自己至多三十幾歲，一度老以爲君君是他兒子，因此必須常常提醒自己，費盡力氣調整感情，雖然不明白祖孫和父子的感情到底必須有何差異，也不明白昔年對年輕妻子的愛慾與目前這共居一室的退休小學教師的老婦有何關係。

他曾在剛回來不久的一天，徘徊在車水馬龍的十字路口一整個下午，跨不出橫越馬路的脚步，與其說是畏懼川流不息的人車（其實他年輕時這個城市的交通曾更亂若電影中的印度非洲市集），不如說，他根本還找不出一種秩序、頻率——屬於這個城市的人互相約束、願意遵從的底線——得以讓他揷足。

通衢大道連行數日，不知是不是路上人多車多之故，竟無法分辨出特務的踪影，這使他有種無措之感，改朝換代，卻一點改不了監控他的命令。一次在他與跟他一樣唸過大學的大妹妹惠理通電話時，由於又有雜音不斷干擾，他告訴惠理注意小心說話，因爲他們正被監聽。

惠理什麼樣一種無情的口氣：「拜託喲，要監聽也輪不到你，全臺灣起碼有一百萬人排在你前面，什麼時代了眞是！」

這正是他所擔心的，什麼時代了，他們跟監構陷的技術愈發無形無聲，難以抗拒。好比目前最大的問題，君君過了夏天就要進小學了，竟然才發現學區出了問題，歷經戶政事務所的三度進出後，他斷定那裏已遭特務接收，他轉去管區告發（也就是那次接觸纔發現管區也全遭情治單位收買），管區的說他所居址是空戶，此時硬要隨同他去的老妻努力微笑小聲提醒他一些事，包括他爲了閃避特務的糾纏，曾遷過數次戶籍，最近的一次確實是停留在中壢做便當批售生意的兒子（君君的爸爸）處。

他最憎厭平日冷薄衰老的妻現出那種委婉溫柔的笑臉，把他當做神經病似的安撫。但他當下不再爭辯，掉頭就回家，大大出乎老妻的預料。

竟然拿君君開刀！

兩個孫子裏，君君從小顯現的就特別聰明，所以兒子媳婦捨得留他在臺北，爲的想進好學區的明星學校，大孫子小偉就在中壢跟著爸媽身邊唸普通小學。

他的一生沒做任何事就老衰了，就比他在榻榻米上望著的樹上的父親那時還要老，可是他的身體狀況又很好，雖然瘦，但他從少年起就一直是瘦高的，長年在那島上的勞動生涯和爲了年度運動大賽所日日鍛鍊的長泳長跑，他自覺在生理狀況上，只會比一身現代病的兒子好。他曾經像青春期春情發動的少年窺伺他的妻，昂奮的悄悄尾隨她摸索家事的身影，數日下來，筋疲力盡的發現她比記憶中的母親還要年老，這往往使他失去現實感。

只讀報紙政治新聞的他，恍如隔世發現活躍著的那些名字怎麼跟他離去時如此一樣，沒有人死，沒有人老，只是多出一些陌生的至親，消失一些思念中最熟悉的人影，因此除了困於特務的騷擾外，他並不大抱怨這三十幾年，因爲他的離去，不知怎的其實外面的世界也按了暫停按鈕似的，誰也沒差誰太多。

●聲明疑義異議書（兼檢舉書）　79檢字壹拾陸號

緣李家正目前任翻譯日文自由業，偶外宿（子設籍中壢處），類似情況倘構成空戶，則依法理，劉國昭、朱高正等人也屬空戶，不應提名立委候選人？無論如何，呂進興、陳桂珠夫妻（自居鄰長及諜報員）共同誹謗誣告「李家正是通緝犯、放火前科、通緝戶……」，屬共認事實?!此外，如下疑義異議：

Q1李家正目前設籍於其子所有房地產（坐落於桃園縣中壢市××路××號）戶口

，而李妻邱玉蘭及孫李宗君設籍地名義所購屋（坐落於臺北市古亭區××路××弄××號×F），但戶政員說：「依學區制法令，夫妻不能分開設戶……」請問依法何據？濫權、瀆職？

Q2有何證據足證李家正始終未住其妻所設籍戶屋？在家時故意不查訪。

Q3既能查察李不在家，何不能查察李之郵件，公私文書被竊佔；摩托車被損毀；該里鄰多年來其他空戶空口及霸佔工地之違建物？

Q4本年一月十九日過午夜，有兩男分騎女機車（牌八六—六六四一號）及白色速可達型，分載呂進興、陳桂珠夫妻回家，李若不居此，何能察知？又李妻何能知道該里鄰戶校日期、地點，前往戶校備具受理？

Q5所謂「分層負責」是否授權而推諉戶政警政官員類同法官判定「空戶」，就強制執行（拒絕受理前往戶校、或定期戶校及拒絕里長發放身分證？）

民國七十九年六月十六日

異議（檢舉）。人：李家正印

這就是他一寄再寄，無所不寄，彷彿永遠寄不出去的書信，因爲他已採用過各種投遞方式，投遞往他所能想像或許尚未被特務滲透的單位、人（包括報社記者、作家，他並提醒一位作家，文學是一項神聖而須負責的公共服務）。

但從沒接過任何一封覆函，除了那名市議員，但因此反倒顯得非常怪異，左思右想，只能斷定，該市議員想吸納他，四年後做爲他的助選員，他看過一次的，去年的年底大選，競選臺上，一個他的同學，不用看第二眼，不明的年紀、過時而竭力整潔的衣著、訥訥的話語、恨不能躲過所有人注視的神色……，他臺下看了快掉出眼淚，他絕對絕對，絕對不要猴子一樣，或像出土古物似的被人當衆展示，管他哪個黨、那個派，甚至是可能替他伸張正義的黨派。

揣著又重新謄寫過的檢舉信，今天的他，心不在焉的非常有耐性，等君君挑好零食後，邊走邊上他們的英文課，君君唸的是雙語教學的幼稚園，日常會話琅琅上口不算什麼，他已經能記得很多單字拼音。

這會兒，君君唸著包裝紙上的字母問他：「A.N.T.I.O.X.I.D.A.N.T.是什麼？」是一種抗什麼氧什麼化劑類的吧……，他不想胡亂回答君君，也忍耐住想告訴他的，這個字可以不必記得，可能一生也用不上一次。他喜歡趁君君精神專注時，教他最重要的東西。瞬間就能記下事物的小孩子新鮮空白的腦子，屢屢還是叫他歎服。他教君君，P.E.O.P.L.E, PEOPLE，他認爲最美麗的字，教他，GORKY，忍住顫抖向君君簡單解釋著，……高爾基先生，費力抵抗著這個產生於上個世紀末的字眼所帶給他從未減弱的衝撞。

他久久不再言語，無法繼續教下去，他不想替君君做決定，什麼字是有用的，什麼字是沒用的，什麼字是一生也用不上一次的——屬於君君的未來的世代——antioxidant，或是，高爾基先生。

日安，高爾基先生。

曾經，他像世紀初無數的俄國青年一樣，熱烈閱讀高爾基的作品，衷心追隨其種種行徑和志業，雖然他的生日其實恰與契訶夫同一天，成長的是一個與契訶夫童年同樣嚴肅無聊的小鎮，但他的出身毋寧與貴族地主之子的普希金要更相似得多。因此他以爲必須比同儕任何人都要付出加倍的犧牲，近乎自殘的（老蔡形容他的用詞）爲人民服務、向人民學習，因爲只有人民，PEOPLE，才是具備有種種諸如和善、忍耐和眞正智慧的人種。而自己，不必做任何努力，坐享出身和教育所帶來的社會地位和富裕，他自慚的想盡辦法想脫離他來自的那個階層。

他曾經答應山裏的那些佃農們，只要有一天，他承繼了父親的財產，那些山林，他一定立時全部發放給他們，不需要任何條件，只除了他們必須繼續耕種使用，不可以把自己分得的土地賣給其他出得起錢的人，以致再造出個地主來。他向他們淸楚的宣示。

到現在他還能記得那一張張臉，那段日子他已非常熟悉的——風霜的、滄桑的、布滿智慧皺紋的、帝俄農奴似的——一致的並沒對他的一番話做出任何反應，他一點都不吃驚、氣餒，因爲他已在腦中演練過好多次那個場面，托爾斯泰「復活」中的主人翁聶黑流道夫宣布要把所有土地分發給農奴們時，農奴們不僅不感激，還憤怒的以爲主人是打算進行更奸苛可怕的計謀，換一種方式以便收取更多的田租。

聶黑流道夫所遭到的種種質疑、抗拒，起碼他並沒有，他望著月光下看不出表情的沈默的人們，曬場上，從早響到晚的蟬聲，其實自成一種寂靜的意思，四周高大的相思樹叢被風掀得一頓一頓，因爲看不仔細，老讓他以爲置身在初夏的白楊樹、核桃樹、樅樹叢圍繞的農莊，林中有夜鶯啼叫，空氣中應該是丁香花蘋果花和松脂的香味……，當然他只嗅到曬蘿蔔干和阿芳嫂在大灶上煮豬食的酸餿味。

他試著引發問題，「我認爲，土地是不能夠買也不能夠賣的，不然擁有土地的人便可以向沒有土地的人做種種要求。因此，我很抱歉，替我父親，他有這麼多的山林，但是既然已是事實，就讓我們一起來想個方法吧。」他說得很慢，因爲用方言說那樣的話語，是很不容易的。

但是他們沒有任何反應，只一個坐得遠些的做短工的，停了手裏本來在小聲撩撥的自製樂器，他只好繼續的提出準備好的結論，「所以，我不再想佔有土地了，我們應該可以預先想一想，到時候要怎麼分發。」

一名老人，大約算是他遠房叔公妻族那邊的，忍耐不住尷尬的笑起來，沒有牙齒的聲音嚷道：「到時候大家就平分吧，寶將。」

山裏的人，不分男女老少都以日語發音的少爺稱他寶將。雖然完全是哄他的語調，但與書裏情節的發展倒差異不大，他因此提出自己早預備好的反駁：「都平分的話，那些不耕作不使用的人我們也讓他分一份嗎？阿里伯在臺中讀商業專科的老大，鄉公所的阿義哥，年底要嫁去臺南的芳幸姐呢？他們假使把自己的那份土地賣掉，有錢的人就又可以控制需要土地的人了。」

「そうですね……」原來是這樣子啊。終於有人認眞的發出歎息。

他振奮起來，順勢堅決的說：「所以，誰耕種，誰就有份，誰不耕種，誰便沒有，這個規矩我們必須先確定。」

有些奇怪的，他們並不議論紛紛，只阿義哥的養子大哥阿火笑著說：「這樣很好，這樣很好。」

夏天的黃昏，阿火哥每隔十天半月總會挑著竹擔來一趟家裏，堅決不從大門進，都走柿樹下那個偏門，而且不管待長待短，頂多只肯進到廚房。

阿火哥來過的當天晚上，飯桌上一定多一大盤荊芥炒田鷄、或田螺、或是炸鯽魚揚物，山林裏，除了採相思樹做木炭和日本那陣子大量收購的香茅油，無法生產其他任何作物，也是這個因素，他尙無法因勢利導，敎他們亨利喬治的地租觀念，因爲並無貧土沃土之差別，他甚至也暫時不能像聶黑流道夫一樣，向農奴們順利的推行生產公社計劃，到底他們不如帝俄農奴的一窮二白，而且他們的生產方式和工具，很簡陋，很多樣，每一家都不盡相同，他其實並不十分了解，就如同他父親與這些佃農的關係好壞、如何繳租，他也不十分清楚，當然從佃農對待他父親的方式，他想嚴厲的父親當不致是嚴苛的，但也很難作準，或許他們對待他的客氣、親切，純粹只是奴僕對統治階級的不得不耳，就算他父親是如何與其他地主不一樣的寬大仁慈，到底不能脫離制度所必然保證他的宰制地位。

更多時候，他發現自己隱隱的拒絕去了解一切的細節，他發現充分的了解一切，只能使人原諒一切，失卻力量。

那種時候，他最怕任何一個老人或婦人努力笑著打岔問候他：「寶將，赤嬰仔現在可愛吧？」

他因陌生而確實想不出赤嬰的可愛行徑，而且很不習慣他們像關心未來王儲似的關心他的兒子，他只好回答：「快三歲了。」然後一定會有人嘴快的接道：「三歲乖，四歲呆，五歲叫不來，六歲掠來刣。」「李先生一定很疼愛，長孫若末子。」

在場的人便會放鬆的大笑，或議論紛紛，彷彿這個話題比剛才那個要與他們切身，值得談論得多。

這時候，他勉強只能想，或許因爲這些山林到底還不是他的，他們自然無法認眞思索眼前尚未發生的事。

可是那段日子是多麼的美麗充實，比之前之後那些年間所發生的任何事情都要離現在近且清楚。

起先只是寒暑假才去，後來發現事有所成，只要能敷衍過質問他怎麼又從所唸大學的臺北回來的父親，他竭盡所有時間的待在山上。

往往，他走在不能再熟的山徑上——必須先搭客運車到終點，涉過牛背溪，只要下雨過後，木板橋一定在水線下，然後開始疾行一小時半、漫步則一倍時間的山路——大多數時候，他的心境是寧靜快樂的，沒有人煙的地方，生著遮天的相思樹和雜樹林，黃泥小路陰涼結實若水泥地，若有落葉，也散發著乾香，林間隙地則爆生著木薯、野藤和應時的野花。他特別記得，每當紫花野芙蓉和一串串白嘟嘟的月桃花被日頭蒸出燠香的辛烈味兒時，就提醒他快近端午有蛇踪了。

通常，在他把田園交響曲哼完一遍時，就快到小溪澗的木板橋了，橋下有數塊平坦的大石，被婦人們洗衣洗得鹼白，他常在板橋上小立片刻，無法立刻分辨出水面上的竹子落葉和游魚。

板橋過去漸有竹林或雪青色花串的金露花樹叢，山裏人習慣用這兩種或扶桑花做圍籬，這時候，田園寧靜愉悅的樂音完全消失，他隨著好像已熊熊響起的樂聲揚聲唱起：「同胞們，大家一條心！掙扎我們的天明！我們並不怕死，（白）不用拿死來嚇我們！我們不做亡國奴！我們要做中國的主人！讓我們結成一座鐵的長城，把強盜們都趕盡！讓我們結成一座鐵的長城，向著自由的路，前進！」

他尤其喜歡聶耳的曲，田漢的詞，搭配完美的昂揚明朗，易於教唱。有時他唱到一半，從那些圍籬叢中越出相同的歌聲，有時竟是曬場邊曬藥草或剁豬菜的阿什麼嫂，有時是在修理械具或正小憩的阿什麼伯什麼哥，總之，都是勞動的人民，他的同胞。

他告訴他們，這首歌來源處的歌劇「揚子江暴風雨」，並解說劇情，也教會他們唱同劇中的另一首歌「碼頭工人歌」，成天流汗，成天流血，在血和汗的上頭，他們蓋起洋房來……，其實他一樣也沒看過那劇，是高中時代的數學老師講給他們聽的，他第一次讀高爾基的「母親」，就是數學老師用油印的分好幾次給他們的。

高三那年，數學老師不意外的再也沒有回來，他們那群排球隊兼讀書會的同學頓時瓦解，有的趁此禁絕了考大學以外的一切活動，有一些、像他，無暇悲傷的像頭失了母親的小獸，無法揀擇的只管如何更加保命的偷偷生長壯大。

夜晚的場子上，他每天接續著唸高爾基的「母親」和「海燕之歌」及一些短篇，手上那本一九四六年「文學連叢社」出版的小說，因爲經常攜帶翻閱、變得好濕好重。本來就很缺乏休憩生活的鄉民，似乎頗爲期待例行的這項節目，有次還才下午，山路上遇見剛從山裏採野羅漢果回來的阿年伯母，她腆著臉鼓起勇氣問他：「到最尾那淑雅會弗會死？」

接下去的那段山路，他向她熱烈的解釋著，生死其實不那麼重要，人的肉體總有消逝的一天，而精神的能否遺留和利於人類歷史的改造工程，才是有意義的。

他們甚至一起坐在一段橫倒的樹幹上休息並繼續討論，阿年伯母教他如何用手剖開鄉人叫做牛卵果的羅漢果，與他分食野果，談論共同的親人似的述說著淑雅的生平事蹟。他費了很多心力在拉近舊俄與山裏人們的世界，他將最常見的俄國女子名字「桑妮雅」譯成「淑雅」，將「冬妮雅」譯成「丹孃」，頓時果眞成了他們熟悉的鄉里女子。

他最難忘每當他唸的告一段落、結束當日的進度時，總有片刻沈寂，婦女們有的抹著眼角，有窸窣之聲，大膽一些的男人忍耐不住情緒的發起一些簡單的議論，有對、有不大對的，有他預期的，當然也有出乎他預料之外的，但其實大多時候，他自己也是熱淚盈眶，覺得自己身歷其境的經歷一次半世紀前，那個他自書中深深了解、卻永遠趕不上的時代。

自然，他也還不致到莽撞的地步，畢竟只有在他獨自一人面對平闊無人的溪山時，他才敢高舉拳頭放聲唱道：「韮菜開花一桿心，剪掉髻子當紅軍……」那激揚的歌聲、奇怪輕易就被看似並不急流的溪水越石聲所蓋過，他只好以更澎湃的歌聲唱起數學老師教他們的：「起來！不願做奴隸的人們，把我們的血肉，築成我們新的長城……」唱他們來不及向數學老師唱的，一樣是他教的畢業歌，也是田漢的詞，聶耳的曲：

同學們，大家起來！
擔負起天下的興亡，
聽吧！滿耳是大衆的嗟傷，
看吧！一年年國土的淪喪，
我們是要選擇戰？還是降？

我們要做主人去拼死在疆場，
我們不願做奴隸而青雲直上，
我們今天是桃李芬芳，明天是社會的棟樑！
我們今天是弦歌在一堂，明天要掀起民族自救的巨浪！
巨浪！巨浪！不斷的增長，
同學們！同學們快拿出力量，擔負起天下的興亡。

我們今天弦歌在一堂，明天要掀起民族自救的巨浪……。那歌詞帶起的鏗鏘的旋律，至今仍叫他無法撫平臂膀上的雞皮疙瘩。

他告訴老蔡，即將與昔年大學同學黃新榮教授見面的事，他想好好把握住這個機會，不僅伸張自己這兩年來被特務騷擾的種種委屈私事，他更想做些有意義的建言。

「你知道，這幾年他在報上有地盤，很常發表文章。」他向老蔡介紹黃新榮，那黃新榮在接了他寄去的數封各種內容的告密信、陳情書後，終於與他約了即將在了這一兩日碰面喝咖啡。

「你應該刮刮鬍子，理個髮。」老蔡如以往一樣，邊聽他長篇大論、邊笑笑的忙手上的活兒，叫他看不出他的眞正意見和反應。

老蔡比他早離開島上幾年，長年在通衢大道的巷口擺攤賣煎餅，只做葱油、蘿蔔絲、紅豆沙三種，從和麵拌餡包餅到油煎妥，完全獨自一人。非不得已，他有時一旁會幫忙找錢裝袋，因為他老會出差池，鹹甜餅數弄顚倒，錢數要心算很久，總之瑣碎不堪。

老蔡攤子生意很好，常賣不到晚上就原料告罄，老蔡都樂得收攤休息，至於味道如何他從沒試過，但隔條巷子一樣的貨色要價一倍，大概是主因。

收攤後，常常兩人就兩張破籐椅歪著閒聊，那破籐椅都不用收，從來沒人拿走。

中午一陣忙過，趁老蔡在讀報，他拿出要託老蔡寄的信，唸給老蔡聽，中間曾被一個平頭牛仔褲的年輕男人買餅所打岔，那男子循例又買了三種餅各一，只葱油餅要加攤個鷄蛋。

他望著那男子離去的背影，發恨的對老蔡說：「眞想在他餅裏下個什麼藥。」他十分相信那是負責監視他的固定的午班特務，他聞得出那氣味，軍汗衫永遠洗不去的霉汗斑、早餐大鍋飯的渾餿嗝和擦槍的凜烈的油味兒。不過隱身最成功的，要數不遠大樓廊底下原來賣獎券（老蔡說的），後來陸續賣過口香糖、檳榔，目前賣鬥魚、巴西龜、小鶴鶉、天竺鼠的老者，那人甚有耐性的監視了他兩三年，怪哉自己的生意也做得頗興旺，從未偷懶的乾脆改行做討錢的算了。

他曾動念想策反那老者，但尚想不出足以說服他變節的理由，他暫時沈下氣，決定與他比賽看誰活得長，那老者看起來老他少說十來歲，他有把握，三兩年內，屆時他沒死，也該退休了。

「如何？」他唸完檢舉信，怕遺忘了任何細節，等待的望著老蔡。

老蔡放下報紙，並不需要的去攪拌那幾盆早拌勻了的餡子，關愛的眼神好像它們是活的。

……「算了，」老蔡半天才接下去，「可是我會幫你去寄的。」

他完全不懂老蔡的意思，全身警戒系統早已不等他下令的進入緊急備戰狀態。

老蔡也察覺到他的反應，看他一眼，聲音發著抖：「寶將，」這個叫法不知怎麼一直跟著他，他突然意識到這個字最原來的日文意思，也一陣戰慄，老蔡說：「寶將，你老了……」

他很害怕很慌張，兩眼狂亂的四顧着，不願意再與老蔡問答。

那時候，遠處傳來隱約的樂聲，還太遠，只聽得到鼓號，分辨不出旋律，路上的人車卻一陣大亂起來，焦慮、鬱悶、無目的的在他們眼前騷動著，像一條暴雨後夾著砂石而去的河流，他被影響得也張惶起來，老蔡拉過他，說：「沒什麼，是遊行，報紙上有登。」

他協助老蔡將餅攤往巷裏推一些，暫停在一家洗衣店門口，唯恐擋住人家生意似的，老蔡趕忙向店主道歉解釋。其實附近店家與老蔡處得滿好，甚至有一兩家見老蔡生意好，曾提議願意分出一小角店面讓他做，老蔡都很客氣的謝絕，看不出是不是認眞的告訴他：「只要是需要繳稅的事，我絕對不做。」

「聽到了嗎？」老蔡笑著用日文問他，兩人已忘記不久前的一場慌失。

「搞什麼呀。」他也用日文回答，大不以爲然的語氣，但也是一臉的笑，聽到了，遊行宣傳車上擴音喇叭噴出激揚的日本海軍進行曲，樂聲勾起的只是熟悉，並沒有憤怒或懷舊。

兩人鬧中取靜的歪在籐椅上，偶爾起身應付一下頭綁白布條的行者前來買餅吃。他仔細看清白布條上毛筆漬的字，看清他們所攔路橫展開的長條布幅上的詞句，竟然研判不出遊行抗議者的身分，乃至所抗爭的對象。他深深迷惑起來，在他的時代裏，敵人，是清楚、並且熟悉的，例如他們都以「蔣ちゃん」稱呼小蔣，彷彿他是他們親族中一個調皮搗蛋的小輩。

可是現在，甚至沒有熟悉的親人、朋友、鄰居（他與特務夫妻呂進興陳桂珠他們爭了一年多還不知道他們所屬的系統，以往，他自引導他口供的一句拷問中，輕易就知道對方是軍統、中統，調查局或警總系統的）。

炎陽下，他不再注意被六月的熱風掀出銀色葉背的白千層路樹下，沼澤一般遲滯浮動而去的人車所發出陣陣憤怒、令他費解的口號字句。

他發覺自己寂寞得出神。

「さひしいなあ，」老蔡喟嘆著，寂寞呀……

他鼓起勇氣打破那亂糟糟的寂寥，告訴老蔡新研究出一種治骨頭發寒的食療法。在島上，他們或多或少都得了一些小毛病，單調隔絕的生活使得那些小毛病無比恐懼的擴大到足以改變人生觀，每個人都專心一志對付自己，都成了良醫，而且充滿一種懶洋洋的厭戰氣氛。

共分九項的食療法講完，人車已遠去，兩人發著午後熱病似的不小心掉入懷舊的陷阱，但卻不掙扎，甚至暗自有些歡迎，久久總要暖身溫習，害怕事跡湮滅，記憶遭到腐蝕。

面對時間，兩人立時變得馴良、解事，也有點無精打采。

巷弄口，漸有兒童的喊叫笑鬧聲，大廈下的老者自然不僅沒下班，而且是生意正好的時候，一面教導他的顧客如何餵養鬥魚和鵪鶉，一面技術甚佳不看他們的保持監視行動。老蔡生意又開始忙起來了，不明所以爲什麼有這麼多餓死鬼，是老蔡提醒他：「你高善下課了，別讓他等吧。」

老蔡至今都還以爲君君叫做高善。島上的人，他是少數幾個已有家室的，大孫子小偉出生前幾個月，他每一封家書裏都熱烈的談論要給取什麼名字。發生錯覺的遲發了三十年做父親的喜悅。

最後他決定給取做「高眞」二字，高字他隱下不表，只說希望他將來長得高、有高遠的志向，至於眞，人生無論以任何方式的努力，無非就是追求眞善美的境界，若是女孩子，就叫「高美」。

他愈想這個名字愈好，意義深遠，在接連數封限制字數的家書裏，他不斷引申著「眞」「善」「美」的種種涵意，從哲學、歷史、藝術、甚至宗教的觀點做議論。孫子還沒出生，老蔡早也朗朗上口高眞的名字，每見他接了家書，就問高眞滿月啦、高眞長牙啦、高眞會走啦、高眞摔破頭縫了三針、高眞快要有小妹妹了……，他們對有生機的事，超過對於一切事情的充滿興趣。

高眞三歲以後，添了個弟弟——高善，也就是君君。

至今不解。

他返家那日，闔家團圓，即刻吃驚發現高眞叫李宗偉、高善叫李宗君，他頗感艱難的把六、七年來叫慣的名字活生生嚥下肚，奇怪爲何家人完全不察的對他一個交代也沒有，自然得根本不容他開口問他們爲何不照他的意思取名。他不禁想起那十數封取名字的家書，每封溢於言表的滔滔不絕，他們怎會視若無睹，他竟懷疑他們到底看了、收到了他的信沒有，那樣純粹的家書，斷無被沒收的理由……

可是不久，他發現了愈多違背他的意思的事，好比老妻竟擁有三處房子，他記得十幾年前，老妻信裏告訴他要買房子時，他曾十萬火急連發幾封信大力阻止，不放心的提出種種理由，他不願意在山裏林地還沒散給鄉人之前，居然主動要再一次做地主。

還有兒子才初中時，他家書裏再三要他將來去唸農或工，絕對不可以法政，出來後才知兒子居然大學唸的是法律，雖然後來一直在做小生意人，可是唸過法律這個紀錄早晚必定會替君君在緊要關頭罪加一等，他一時竟想不起兒子曾不曾刻意隱瞞他唸法律的事，……似乎也沒有，大多時候，往返的信只是各說各話，平行線似的，他訓誡家人種種做人道理，家人的覆信絲毫未爲所動的依然各行其是，都不知在騷亂什麼。好比惠理，女中時也曾跟著他讀了很多翻譯小說，對他似乎事事景從，近幾年電話中話題貧乏的老是抱怨她丈夫「他們外省人……」，惠理當初因爲父母的反對外省人，戀愛的過程極痛苦，前後有兩三年，他費了多少心力每一封信裏勸解她，給她所能想到的一切忠告（忘了是告訴她愛情是很重要的，還是一點都不重要，總之陳義可能過高他承認），所以每當惠理又發牢騷時，他幾次忍住就要脫口而出的「我那時信裏不是跟你說過……」

他非常不願意跟人家算時移勢易的帳，除了唯恐打擾冒犯他人的心情勝過一切，最主要的，他之所以沒有去追究爲何親人們種種大小事無視於他的意見、甚至存在，因爲他發現時間，是會磨損的、會出現縫隙，很多事情，重要的、不重要的，因此紛紛掉落其中，無從尋找。

他尚判定不了這一發現的好壞，或於他們，竟會不會是一種幸福，或正相反。

一年前，他獨自回了山裏一趟，極力忍住吃驚，除了牛背溪上的木橋變成水泥橋（但那水泥橋也甚老，與河牀的巨石同樣色澤，橋頭上刻，民國四十九年建造），所有景物沒有任何改變，河畔被太陽蒸騰出的牛糞香輕易引爆他悠長、無聊、如午後荒鷄長啼似的少年時代。

相思林間的小路一樣是堅致的黃泥，他心中無法響起貝多芬的田園，他竟然不由自主的以日文唱道：「玩膩了這才想起家來，匆匆告別返家鄉，歸途上充滿快樂和期盼，（好想打開）龍女所贈的玉寶盒。」

從來沒發現此歌爲什麼會是這麼愉悅有力的旋律，因爲明明下一段的歌詞是「到家人事景物俱全非，老家、村莊無影踪，路上來往衆行人，沒有一張相識的面容。」小時候，母親反覆只講這三個故事給他聽，桃太郎、鶴妻、和浦島太郎，他最怕聽浦島太郎，聽到太郎在龍宮與龍女玩得多麼愉快、吃山珍海味、又看盡多少奇珍異寶，日夜如夢一般飛逝……，他聽了開始驚惶起來，每次都想阻止母親繼續說下去和唱下去，「太郎落寞又惆悵，悔不該打開玉寶盒，只見白煙裊裊昇空，太郎頓成了銀髮老公公。」

其中一次還沒上燈的黃昏，他聽罷竟然號啕大哭起來。

小道上，他做夢似的望著寧靜盛開的野芙蓉、月桃花，陽光夢境似的也幻化成月光，他凝立在那裏，不言不笑，不再歌唱，心蕩神馳的努力克服回憶，不再恐懼那首歌詞帶給他的迷亂。不對不對，人事景物哪裏已全非，老家村莊他確信就在前面不遠處的竹林叢、金露花圍籬中，至於路上來往的衆行人，迎面山徑上正行來個阿芳嫂，很輕鬆的單手扛著一只飽滿的蔴袋，他眼中充滿喜悅的淚水，等她走近了，怕驚破夢境的輕聲作禮，「阿芳嫂，」

一點都沒老的阿芳嫂露出害羞又好奇的笑容：「我是阿鳳美，阿芳嫂是我伯媽……」

他夢遊似的隨阿鳳美往山裏走，不忘記禮貌的搶過她的蔴袋，確實輕，問了才知道全是蟬蛻，這種季節，相思樹幹上有很多，鄉人搜集了賣給山下的中藥行，阿鳳美很不好意思的解釋著，卻始終沒問他的身分，那時候，一陣夏日雷雨前的涼風吹過，相思樹紛紛落下鵝掌黃的絨球小花，像下雨。

熟悉但老去的臉立時叫出他：「寶將！」

年輕的熟悉的臉因無法叫出他而略微抱歉的笑看他。他無法判斷出時間到底斷裂在何處，有阿什麼嫂在場邊剁豬菜，有阿什麼哥在補鳥網，他喝他們煮的決明子涼茶，注意到並未發抖的手裏的杯子又醜又新，沒有缺角沒有茶垢，其上印著一行紅字，民國五十五年教師節縣政府贈。廣場上鷄鴨並不見多，卻好多踩扁的羊糞粒，阿義哥、不、阿義哥的兒子解釋，他們目前養了兩百多隻山羊，冬天山下流行吃羊肉爐，可以賣很好的價錢。

他隨他們的邀請，進入大白天也陰涼幽暗的堂屋，免得妨礙場上熱塵埃中幾名孩童練越野車。

房裏有兵役期放假中的年輕男子、和一老頭在看日本錄影帶「整人大爆笑」，只顧笑，不打招呼，他不識那名老者，老者正努力應付著聽旁人爭相介紹他，待知道他是李先生的大兒子，先連忙感激李先生死時交代把土地無償的分給他們，但隨又抱怨這山林地其實完全無用，要不是養羊，每年連稅都繳不出，旁邊的人紛紛阻止老者講下去，都慌張得有點想哭似的，胡亂的掏出煙來敬他，執意拉著他的臂膀喚他「寶將，寶將，」就講不出話來了。

他有些懊喪，發現他們堅定的待他如同佃農對地主，但或許，他更該慶幸他們的無知，他畢竟使用了這個字，不知是幸或不幸，畢竟因此當初他們才未受到任何牽連。

那樣的一場去來，並沒毀滅什麼、建立什麼，他只是變得愈發骨瘦如柴，蒼白若以幻想打發時間的青春期少年，最喜歡待的地方是廁所，自然並不是在其中偷吸菸或讀色情書，一進廁所簡直可待上半天，什麼事都不做，甚至不拉屎。

他告別老蔡，先去大廈廊下的老者面前盤桓片刻，一來認眞考慮可以選一種小寵物給君君做幼稚園畢業禮物，另方面——弄不淸出於好意或諷刺的——刻意的明示老者可以下班了。

結果老者居然好正常的賣給他一對大拇指大小的鵪鶉，其價錢不貴也不便宜（君君向他要求過並告訴過價錢的），他努力保持自然的不吃驚，邊付錢邊回頭，輕易與正忙黃昏生意的老蔡四目遙遙相接，迅速交換了一個不會有人理解、屬於動物的安全的訊息。

出於一種奇異的默契，他們，他、和老蔡，努力的存活，不只爲自己，也爲了保薦對方的存活。他一點也不知道老蔡擺攤以外的生活狀況，包括他的居處。老蔡也是，可能只有他的電話號碼，這他也不確定，因爲也沒通過電話。但只要待在這城市的一天，或長或短總會在彼此面前現身，讓對方知道自己的還存在，日日謹愼認眞的出示、維繫自己的足跡和糞味，一旦有事時，利於對方的追踪偵伺。

當晚，戲耍得興奮過頭的君君又找了藉口不願就寢，堅持要他給鶺鴒換個籠子或盒子什麼的。賣鶺鴒給他的老者徵求過他的同意，將鳥置於本來該養鬥魚的透明塑膠盒子裏，盒子七十元一個，有一個方糖盒那樣大，稍扁些，網狀的盒蓋正好是通氣口，對於才拇指一樣大的夫妻鳥，夠大了，而且可以從各個角度淸楚看到它們進食、排泄，將來交配、育種，他以爲再妥當不過，彷彿曾經他很熟悉的生活。

起先，他只是應付性的佯裝翻箱倒櫃找鳥兒新家，妻子已灰姑娘十二點鐘響似的一過九點就睡倒，住了兩年多卻陌生的家正宜於他的探險。

老小二人打開他平日所居臥室隔壁的房間，立即掉入一種新的好快樂的遊戲裏。各自安靜、卻呼吸好大聲的四下摸索。

他發現很多錦旗獎牌，倉庫似的照明燈光使他煞費力氣才看清上面的文字，無非是第幾屆的畢業生或學校所贈教書多少年作育英才的紀念物。窗帘密合的窗邊牆上荒蕪的有數幀黑白相片，只有一張能引得他看第二眼，也唯如此，才發現照片中穿著內衣內褲躺在榻榻米上，抱著一把吉他，高高架著二郎腿以致好危險差點露出隱秘之處的人影……是自己，完全不知道被攝過此張，也不記得哪裏來的一把吉他抱過、彈過，曾經，有段時間，他習過小提琴的……

然後門後一個百貨公司的大購物袋，滿溢出一些他熟悉不過的色彩——自從坊間發現有紫墨水的原子筆後，他都忠實的用它，因爲那顏色很像他熟悉的藍筆墨被時間湮久後所呈的色澤——全是他以爲寄了卻半路被劫的書信，當然這只是其中平寄的那一部分。

他託妻在各個郵筒寄的信，爲何在此？而且郵票上也沒郵戳，他腳略爲浮了一浮，趕忙深呼吸，忍耐心臟猛烈撞擊瘦肋骨的巨響，以爲天搖地動才發現是君君在拉他衣角：「阿公，電話啦！」

他拿電話喂了幾聲沒回答，經驗知道是偵察他在不在的電話，正要掛斷，「寶將：

……」是老蔡的聲音。

他想提醒老蔡再危急也請用些暗語以免被監聽去。不用分辨老蔡的語氣，光打電話這件從未有過的事，他相信老蔡一定正處在某種危急的狀況。

「你走過以後有人來問過我話，不知道是什麼單位的，雖然穿的是警察制服，無論如何你要說那個晚上你是和我在一起、聊天……，我沒有殺他，他們雖然只是問我有沒有看到什麼可疑的狀況或可疑的人，可是我知道他們打算找個替罪的來了案……」

「老蔡！老蔡！」他只顧提醒老蔡用日文交談、以致老蔡說什麼內容他全注意不了。

「寶將……」

他以日文鼓勵老蔡振作起，問到底是什麼人死，老蔡哽咽起來：「巷子裏的公寓前不久有個老國代被殺死，你記得不是，你不是說眞希望是政治謀殺，不是強盜殺人，寶將，你說的對，一定是政治謀殺，不然不需要找人頂罪——」

「老蔡！」他想厲聲喊醒老蔡，卻無法打斷夢囈一樣的老蔡。

「我懷疑就是那個老頭幹的，原來他的目標根本不是我們，是那些老國代……」

沒有聲音了。只剩路邊一些車聲喇叭聲，老蔡是在路邊打公共電話，他試叫了幾聲老蔡，想像老蔡活生生被拖上車的搏命樣子，他機警的先放下話筒，喃喃自語：「老蔡，勿死呀……」

於是他趕快返回那房間，打算把那一袋未寄的信件處理掉，拖開那個袋子，才發現後面還有數個未封的水果紙箱，他隨手打開最上面一個上書卓蘭一級紅肉李的紙箱——紛碎碎的掉落好多蟑螂屎——全是信件，有拆封的，也有，完全未拆封的，讓他迷惑於收信人是以什麼樣的原則決定拆與不拆，而此時再沒有任何事令他好奇過解開這個宇宙大祕密，他冷靜拆開一封密密封口的信——三十年間的字跡竟未有任何進步或退步——，阿祥，那是兒子的名字，「阿祥　暑期來了，我希望你不要只顧荒於嬉戲，你上二個月的信裏說暑期要和同學去登山，我以爲登山固然可以鍛鍊身體，但更重要的是鍛鍊頭腦。要知道人的頭腦構造是沒有任何機器可比的精密貴重，你應該常常保養它，不可讓無益的事情磨損它，也不可讓無聊的消遣讀物佔了寶貴的空間，不然遇到重要的事物，你如何有空間去容納它呢。至於讀書，當然也有很多方法，我會在下封信裏用列舉的方式，爲你標出步驟，你可以用這個暑期來練習一下。我的錢還夠用，但請催你媽給我寄瓶綜合維他命，上一封信裏我已經提過。　父字。」

「惠理　我七月十日寫的信你到底收到沒？我昨天接到你七月二十二日的回信，並未對我信中所規勸質問你的事作答，難道工作眞的會忙成這樣嗎？我自然知道你目前困難很多，但人生本來就應該是這樣的，西諺有云：『受苦的人沒有悲觀的權利。』我覺得你這兩年變得很悲觀很消沉，我以爲你沒有這樣生活的權利，哥哥在這裏，天天挑三十擔的水，每趟走三百公尺的距離澆菜，看著菜一天一天長起，即使不爲收穫，光那種生機就可以使我很快樂呢。媽媽那裏，也請你寒暑假回去住住，不要嫁了人就只新年才回去，老實說，媽媽信裏向我抱怨過。妹夫雖然方言不通，但已經做了親戚，我相信爸爸媽媽是樂於見你們一起回去的。下封信裏多寫點吧，反正郵費都花了。　家正」

「阿祥　這是什麼時代了，結婚還有這麼多的規矩，我以爲你應當跟未來的新娘好好溝通一下，畢竟爸爸那個時代是因爲有長輩在的緣故，不得不耳，我以爲你們應當建立共同的理想和看法，這才是未來共同生活最堅固的基礎，而不在於外在物質的鋪張浪費，我很希望這種我所努力建立的家風，新娘子能了解並接受……　父字」

「蘭妹　我十一和十八日的信收到了沒？藥要是還沒買，就請折現寄來算了，我已欠同學二百粒，人家雖不催我，拖著不還也會誤人身體，要是有什麼困難趕快告訴我，不要讓我不明狀況的苦等下去…… 家正」

「阿祥　雖然嬰兒還有兩個月才降臨，想必你們已經做好一切準備迎接小傢伙，我很高興親家母到時候能夠從高雄來替你們坐月子，你外婆那裏可以向她要一種日本補藥，專給孕婦吃的，對胎兒也很有幫助，不會有任何副作用。至於我這做阿公的，無法做什麼表示，我打算申請幾棵樹苗，種在我負責的那塊菜地旁，也許將來孫孫有機會陪阿公再回島上遊覽，我們可以在樹下乘涼吹海風呢。當然我還是會給他一個禮物，我將替他取個有意義又響亮的名字……」

他昏瞶的坐在地上，後悔打開時間所贈給他的玉寶盒，一封封喋喋不休令他羞澀不堪的癡人說夢，乍時隨同所有拆與未拆的無數信件捲成狂舞的白煙，裊裊昇空，不用照鏡子，也不用第二眼，他知道自己成了白髮老公公。

所以，彷彿像幼時曾經一個遙遠未上燈的黃昏裏一樣，他聽罷故事，號啕大哭起來。

預知死亡紀事

正西風落葉下長安，飛鳴鏑。多少事，從來急，天地轉，光陰迫。一萬年太久，只爭朝夕！

一名性急的毛姓之人，數十年前寫下此詩，隨後他果然也如願做下了朝夕間天地翻轉之事。這裏並無意議論他的功過，只打算借用此詩來爲即將登場的這一群人們咚咚助陣。

的確，一萬年太久，只爭朝夕。

這群人們，我簡直不知該如何介紹、甚至如何稱呼他們，女士們、或先生？（因爲其中還包括有科學家剛才發現的、某對染色體異於常人的第三性人），他們既難以用道德或尙不怎麼獨立的司法來區分（好人或壞人），也難以用年紀、用經濟、用信仰、用職業、用血型星座、用健康狀態、甚至用省籍或身屬哪個政黨來區隔並解釋。

他們是如此的散落在人海，從你每天上下班的敦化北路辦公大樓，到新開張不久的台大醫院精神科門診，他（她）可能是你少年時所崇拜追隨的那個宗教界或哲學界的智者，也可能是——你結婚已十年的妻子，我不知道她有沒有告訴過你，當你夜深睡夢中突然中止鼾聲時，再冷的天，她也會天人交戰把手從溫暖的被窩中抽出來，爲求放心的探探你是否一息尙存。

他（她）們這群人，一言蔽之，是一群日日與死亡爲伍的人。

日日與死亡爲伍的人，——我希望你不會誤會我想向你介紹的是一群開 F104 戰鬥機或某型民航客機的駕駛員，他們不是急診室醫生，不是槍擊要犯及警察，不是飆車手，不是清潔隊員，不是多年的慢性病患者，不是特技演員，不是殯儀館化妝師及相關從業人員……，不是，不是。

老靈魂

是的，不如說，他們較接近西方占星家所謂的「老靈魂」，意指那些歷經幾世輪迴、但不知怎麼忘了喝中國的孟婆湯、或漏了被猶太法典中的天使摸摸頭、或希臘神話中的Lete忘川對之不發生效用的靈魂們，他們通常因此較他人累積了幾世的智慧經驗（當然，也包括死亡與痛苦），他們這些老靈魂，一定有過死亡的記憶，不然如何會對死亡如此知之甚詳、心生恐懼與焦慮。

我真希望你和我一樣有過機會，活生生剝開一套華服，檢視其下赤裸裸的（不是軀體）靈魂或心靈，他可能是同機鄰座緣慳數小時的某小公司負責人，也可能是你的妻子、母親那些熟悉得早讓你失了好奇和興趣的親人好友。

他們共同的特色是，簡直難以找到共通點，但起碼看來大多健康正常，因此，請你好好把握那一生中可能僅現一次的神祕時刻，其隱晦難察如某仲冬之際、南太平洋深海底兩頭抹香鯨之交配，彼時日在魔羯，魚族指證歷歷。

然而老靈魂吐露出的祕密可能令人大吃一驚，也可能令你當場噴飯。

那回同機鄰座的男人不就既鄭重又難掩難堪的交給你一張折好的白紙嗎，上書他在地上的家的地址及聯絡人名，禮貌的措詞說若事情過去，麻煩你將此字條幫他寄達。

我但願粗神經的你當場沒問到底是什麼意思，爲什麼會把他的遺書（沒想到你這麼聰明）託給你這個陌生人，你且好奇起來，難道他有什麼強烈的不祥預感，或難不成他竟打算刧機。

其實只要你夠細心的話，你該已注意到他自飛機起飛後就沒鬆過安全帶，積幾十次看空中小姐示範緊急逃生之經驗，愈看愈慌，自然那封遺書（可能一式好幾封，有的在他的隨身行李箱中，襯衫口袋有一封，護照皮夾中一封，甚至鞋或襪中一封，以防爆炸後屍塊散落各處）很可能是在一陣晴空亂流後，或一次空中小姐較爲殷勤的含笑垂詢之下（以致讓他十分確定她是爲了來安撫乘客、好讓機長專心處理正在發生的刼機或拆卸炸彈等狀況）寫就的，或其實此事甚至已變成他搭機時的例行公事，數十年如一日，那書信的內容已從第一次臨表涕零的林覺民意映卿卿如晤，演變成塡寫入境申請表一樣的公式化：動產不動產各有多少，繁瑣的如何如何分配，P.S.哪裏還藏有一筆畸零地或幾張股票或一名私生子……

我也有幸聽一名老靈魂告訴我關於死亡的事，是我懷孕六個月新婚剛滿月的妻子（她也有睡夢中探我鼻息的習慣），她因此不再上班了，每天早上略帶愁容的送我出大門，我以爲她有妊娠憂鬱症或不習慣一人獨處的家庭生活，我觸觸她的臉表示鼓勵，說：「我走了。」她聞言馬上面色慘淡，眼淚汪汪弄溼了我的西裝前襟。

她肚子大到難以再做愛的夜晚，我們手牽手躺在黑暗的床上彷彿在寂靜的石炭紀時代的深海床底，她告訴我不喜歡聽我每天出門前說的「我走了」那句話，以及我說那句話時的神情，她都再再記下這是最後一面，是最後的讖語。接下來的那一整天，她通常什麼家事都不做，拿着報紙守在電話機旁，爲了等那電話一響，好證實一切塵埃落定，似我粗神經這國的忍不住奇怪發問「什麼叫塵埃落定？」

妻說：我已經想好了，哪家醫院，或交通大隊的警察，然後我一定回答他們請去找誰誰誰處理（她意指我大姊），我不要去太平間或現場看你躺在路邊，我只要記得你告訴我那最後一句話和摸我臉時的那個神情就好。

我當然覺得有些毛骨聳然，但也沒因此更愛她。

尋常的塞車途中，她指指對街不遠處的一長列圍牆，說是她以前唸過的小學，我表示記得十幾年前她家住在這附近，她點點頭說：「那時候沒有這些大樓的，」她手凌空一揮，抹掉小學旁那些連綿數幢、奶茶色、只租不賣的國泰建設大樓，「我一年級的教室在二樓，一下課連廁所都不上，天天站在走廊看我們家，看得到。」

我捏捏她的手，表示也寵愛那個她記憶中想家想媽媽的可憐一年級小女孩。「怕家裏失火，我們家是平房，從學校二樓可以看得很清楚。」

你建議我帶她去看心理醫生或精神科？或找個法師神父談談?!

並非出於她是我的妻子，因此我必須護衛她，我只是想替大部分的老靈魂們說些公道話（儘管我的立場想法與他們大異其趣，大多時候，我喜歡你稱我爲不可知論者，但實際上我可能更接近只承認地上生活不承認死後有靈的伊庇鳩魯信徒）。

老靈魂們鮮有怕死之輩，也並非妄想貪圖較常人晚死，他們困惑不已或恐懼焦慮的是：不知死亡什麼時候會來？以哪樣一種方式（這次）？因爲對他們而言，死亡是如此的不可預期、不可避免。

死得其時・查拉圖斯特拉如是說

比起你我，老靈魂們對於死亡其實是非常世故的，他們通常從幼年期就已充分理解自己正在邁向死亡，過一天就少一天，事實上，每一天都處在死亡之中，直到眞正死的那一刻，才算完成了整個死亡的過程。

這種體會聽來了無新意，儘管人之必死是一種永存的現實，但同樣對於我們不得不死這一命題，我們卻並不總是有所意識的，例如你，視老靈魂爲精神病或某種症候群的正常人，你可曾有過此種經驗，望着五六十歲的父母親，努力壓抑著想問他們的衝動，「爲何你們還敢、還能活下去？」儘管他們的身體可能很好，但對老靈魂而言，那年紀距離無疾而終的生命盡頭至多不過二十幾年，當你知道二十幾年後就必須一死，跟你今天聽醫生宣布自己得了絕症、只能再活三個月，在意義上殊無不同。

儘管老靈魂們視死如歸，但由於死亡到底會在哪一刻發生，是如此令人終日懸念、好奇過一切的宇宙大祕密，令他們其中很多人不由得想乾脆採取主動的態度，來揭示、來主控這個祕密的發生時刻，因此對老靈魂們來說，選擇死亡這一件事，便充滿了無限的誘惑力。

我之所以用選擇死亡這四個字，而不用我們通稱的「自殺」，是因爲後者已習慣被與懦弱、羞愧、殘生、畏罪……這些詞兒連接，我們的老靈魂們哪裏是此輩中人，他們不是厭世，不是棄世，他們只是如此的被「可以主動選擇死亡時刻」所強烈吸引，某種意義上來說，他們很有些斯多噶學派（Stoic）的味道，他們之所以能肯定生命，是因爲能肯定死亡，所以若有所謂標榜的話，他們標榜的「自殺」方式是推薦給那些征服了人生、既能生又能死，且能在生死之間做自由抉擇的人，而不是給那些被人生所征服的人的。

是的，在老靈魂看來，惟有能在生死之間做抉擇的那種自由，才是眞正的大自由，我們通常以爲，在一生中的憑一己之力加好運壞運所得的種種結果，例如娶數個美女或一個惡妻、無殼蝸牛或富貴如監委大金牛們、週末塞車去八仙樂園玩或飛去東京購物、超市裏買匈牙利產果汁或印尼蔓糖、書店裏流覽各國報紙的頭題或爲兒子買新出爐的腦筋急轉彎……種種你以爲的選擇自由，老靈魂們無論如何以爲這樣一個號稱日趨多元的時代，實在只是有如人家（資本主義、國家機器……）出好的一張選擇題考卷罷了，你可以不選A，不選B，也不選C和D，總得選E以上皆非吧，老靈魂們渴望並好奇的是根本不做考卷。

別說你對此種老靈魂們所謂的眞正大自由覺得不可思議，也別禮貌的說你很羨慕做那種選擇所需的勇氣（老靈魂們也以爲反覆數十年老實的做同樣一張考卷，也須要非常的勇氣），我再次強調，對老靈魂們而言，死亡是一種權利，而非義務（儘管你我當中也有一些人基於衛生的緣故，已說服自己把死亡當做人生的目標，並視那些處處逃避死亡的人是不健康不正常的）。

別假裝你對此聞所未聞，一無經驗，你記不記得，有次你十九樓辦公室的帷幕玻璃大窗出什麼問題，幾名工人打開了在修理，你感到十分新奇的趨前吹風，沒有任何屏障從這城市四面八方匯來的風非常催眠你似的，你望着腳下的世界，人車如蟻，少年時代讀過的詩句不知爲何此刻回來覓你——你要記得，昨晚月輪圓滿，你在深林之中，她的光輝沒有傷害你——你幾乎無法抑制自己向前跨步，渴望知道一秒鐘後就可解開的宇宙大祕密。

只要跨前一步，只要一秒鐘，如此輕易可得。

你歷經一次前所未有的誘惑對不對？

純純粹粹的誘惑，因爲當時你並不在垂危中，不在失意中，你甚至剛被昇爲董事長的特別助理，你與同居女友的感情也保持得正好——

你說那一定是高樓症候群?!如同東京流行一段時間了的超高層症候群，其症狀是氣喘、心跳、不安、不顧一切想往下跳（多麼相同於我們得過的戀愛症）。

那再想想有一年夏天你在墾丁的龍坑臨海大斷崖，什麼我記錯了?!是夏威夷那個有上昇氣流的海崖，你不也差點被幾十公尺下暗暗湧動的深藍色海洋所吸引，那海浪一波一波拍打崖石聲是如此遙遠而清晰，勾起你在母親子宮時的溫暖記憶甚至更遙遠，你並沒有宗教信仰但是那刻決定採用並好想念人類的古母親夏娃……

結果是，你被導遊喝住，只幾顆並非出於憂傷的淚水先你一步落入你渴想投身之處。

不要羞怯。——沒有在適當的時候生，如何能在適當的時候死?便寧願不生到世上來吧。查拉圖斯特拉如是說。

於是便學着怎樣死去吧……哲人給過我們鼓勵，主動的選擇死亡，是最優者，遠遠勝過死於戰鬥的英雄豪傑們。

許多人死得太遲了，有些人又死得過早。

於是哲人稱讚這種最優的死法：自由的死，自願的死。因爲我要，便向我來。

想想看，在你視爲如此不可思議、如此失控、一生裏可能一次都未曾出現過的事，卻日日、時時、刻刻誘惑着老靈魂們，「正常」的你我，能不好奇他們到底是如何處理或對抗此種誘惑的？

我的妻子這樣回答：她們放下繡針、梭子、紡錘，拿起靈芝和木偶，學做女巫，預言休咎。

流水今日・明月前身

老靈魂們交相傳說上帝創造宇宙大約在春季，彼時太陽在白羊宮，愛神金星和雙魚星座早出東方。

除此之外，他們自信滿滿宣揚他們預言休咎之能力，對此，我尙在審愼評估中，但可以確定的是，預感、預知死亡時刻的來臨的能力，確實是暫未選擇死亡的老靈魂們，用以抗拒或排遣其誘惑力的種種妥協方式中最佳的一種（其他較無可奈何的如佛家所謂不捨塵世的愛別離苦，或尚汲汲迷於研究哪一種死法較佳）。

老靈魂們自信他們預知死亡時刻的能力起自出生，也許你、或醫生護士們、甚至他們的母親，都無法分辨出老靈魂呱呱落地時的大哭與其他嬰兒何異，尋常嬰兒的大哭，是為了藉以大口呼吸氧氣；其中較早熟、悲觀的，也有是因為捨不得離開溫暖安全住慣了的娘胎；但老靈魂們不同，他們哭得比誰都兇，只因為實在太過於震驚：怎麼又被生到這世上了?!

儘管這聽來頗為玄異，理論上卻是合乎邏輯的，實在是因為自他們成人以來，於今十劫，累積過往一切的經驗和宿命，使他們幾乎可以肯定，什麼時候又要發生什麼樣的事了。

然而這種將會終生追緝他們的能力，對大部分的老靈魂而言並非全然是樂事，除非他以此為業，因此經常必須和人生的陰暗和死亡那一面迭有接觸，比如做個藝術家、預言者、先知、啓蒙大師或靈媒。

我所知道的就大多都是不屬於前述的普通人，這些老靈魂們，同時在戰戰兢兢和近乎打哈欠似的百無聊賴中（媽的連死都不怕了！）度日，往往規律得與某位近東哲人的心得不謀而合：入睡時請記得死亡這一件事，醒來時勿忘記生亦並不長久。

因爲他們是如此的深知，死亡的造訪在這一世生命中只有一次，所以應當爲它的來臨做準備。

我的妻子，如她所言，放下傢什，拿起靈芝和木偶，學做女巫，預言休咎。

她甚鍾愛照養室內觀葉植物，從單身時就如此，家中不能放的地方也都放了，如廚房料理枱的爐台旁。

她花很多時間悉心料理它們，一旦發現其中有任何一棵有些萎寂之意，她頓時不再爲它澆水治療，但每天花加倍的時間注視它，目睹它一天一天死去，屢屢感到奇怪的自言自語：「沒想到它眞的要死。」

起初，我以爲她是出於物競天擇適者生存的觀點而淘汰它，因此提醒她那是因爲她不再爲它澆水的緣故。她並不爲所動，依然每天不澆水，但關心的觀察它，直到它正式完全的枯萎，她仍然覺得無法置信，有些寂寞的對我說：「沒想到它要死，誰都沒有辦法。」

她竟以此態度對待她的嬰兒，我們的孩子。

它在未滿月內被來訪的親友們傳染上了流行性感冒，有輕微的咳嗽和發燒，訪客中一名醫生身分的當場替它診斷，並囑咐我們如何照料。

沒幾天，我發現我的妻子竟然以對待植物的態度對它，她袒露着胸脯，抱着哭嚎卻不肯吃奶的小動物、乾乾的望着我：「事情都是這個樣子的，誰都沒有辦法。」

我瞬間被她傳染，相信她做母親的直覺，恐懼不已的以爲它其實得了百日咳或猩紅熱就要死掉了。

有一陣子，暫時我跟你一樣，相信她是得了產後憂鬱症。

但是，我們又恢復可以做愛，而且做得很好很快樂的那一次，事後她面牆哭了不知多久，等我發現時她的眼淚已經流乾。無論如何，她都不肯告訴我原因。

我擅自以了解老靈魂的思路去猜測，她一定把剛剛那一幕一幕甜蜜、狂冶的畫面，視做是馬上就要發生在她或我身上的死亡、死亡前飛逝過腦裡恆河沙數的畫面之一，像電影「唐人街」裡傑克尼柯遜在被槍擊死前、所閃過腦際的。

我發現他們終生在等待死訊，自己的，別人的，吃奶的，白髮的，等待的年日，如日影偏斜，如草木枯乾，他們非要等到得知死訊的那一刻，才能暫時放下懸念，得到解脫……，至於有沒有悲傷？那當然有，只不過是後來的事。

但其實老靈魂們自信並自苦的預知死亡能力，一生中、一日中雖然發生好多次，但其中鮮少應驗的（當然偶而死亡曾經擦肩而過），老靈魂們對此的解釋是：由於他們窺破了天機，因此那個主管命運的（三女神？上帝？造化小兒？）只好重新擲了骰子。

別因此全盤否定老靈魂們的預感能力，或視之爲無稽，不然你如何去解釋也曾在你身上靈光乍現過的一次經驗？

……你預官剛考完、還沒開學的假期，你們一群男女同學跑到溪頭玩，半夜喝高粱取暖以便外出夜遊，你穿着滑雪夾克、牛仔褲、耐吉球鞋、隨身聽裡放的是、嗯、八四年、應該是 Saving all My Love for You，總之，那樣的情調，如何足以使你一見到夜空的松樹樹影會打了一個冷顫，努力想留住、並細細追憶流星一樣一閃即逝的星路，你是在黑松林裡披星戴月疾疾趕路的行者某，將這小舟撐，蘭棹舉，簑笠爲活計，一任他紫朝服，我不願畫堂居，往來交遊，逍遙散誕，幾年無事傍江湖……，是宋朝。

你說那次是因爲酒精做祟？你說你根本不信有什麼已生、今生、當生，也全無興趣。你說再不馬上找個具體的老靈魂給你認識（除了我的妻子，你極力禮貌婉轉的說，她一定有某種神經衰弱之類的疾病），你拒絕再聽我的強作解人了！

抱歉，關於這一點，我只能給你一點點的線索和提示，因爲老靈魂們彷彿海洋老人Nereus，居住在愛琴海底，能預言，能隨意變形，常常變作海豚，也曾經變作你上班常同電梯的那名律師似的男人，三件頭西裝，提一個Bally公事包，電梯停在4或6（撒旦的數字）或13樓、或屬於他私人不祥的數字時，他已在心中招呼遍各路宗教的眞主們；他刷牙時仔細不讓刷的次數停在不吉的數字上；他憎惡在星期五必須出遠門；看電影或任何演出，座位若被劃到13排或13號，他會花一半的觀影時間在一再確定安全門的位置。

禁忌？……是的。這確是他們與死亡之間所呈緊張狀態的安全閥。

但其實老靈魂們通常長壽，也許由於異乎常人的警覺使他們易於察覺並躲過劫難，更也許因爲猜測死亡時刻的好奇心、強烈到勝過一切生之欲望，並得以支撐他活得比別人長久。

至於你所不信的前世、今生、來生，老靈魂與你頗爲一致的對之並無興趣，所以，可能超乎你想像的，他們之中鮮有修來生者。

天起涼風．日影飛去

在宗教的所有起源中，以最高的、終極的生命危機——死亡——爲最重要。死亡是進入另一個世界的大門。

根據大多數的早期宗教理論，雖不是全部，至少有大部分的宗教啓示，一直都源自死亡。

人必須在死亡陰影下度其一生，他緊握着生命，享受生命的滿足，一定愈發感到生命告終的可怕威脅。

面臨死亡的人對生命戀戀不捨。死亡和拒絕死亡（長生），常常形成人類預感最強烈的一個主題，時至今日，依然如此。

人在生命歷程之中，縱橫馳騁，在快要走到盡頭的時候，無數的酸甜苦辣的經驗，濃縮爲一個危機，爆發爲猛烈的、複雜的宗教表現。

——人類學家們爲我們如此娓娓解釋着。

其溫柔、其堅定，有若佛爲有病衆生說世間一切難信之法。

精神分析大師容格不是也給過我們如下的建議：相信宗教的來生之說，是最合乎心理衛生的。

因爲，假設當你住在一間、你知道兩個星期後便會倒塌的房子裡時，你的一切重要機能一定會受此觀念的影響而遭致破壞。

「你腦海中有關上帝的影象、或你對不朽的觀念已經消失，所以你的心理的新陳代謝功能失常了。」大師甚至如此清楚警告過他的病人。

彼佛國土，微風吹動諸寶行樹及寶羅網，出微妙音……

很不幸的，在死後精神永生的得救信仰、已存在於大多數尋常人們的腦裡之同時，老靈魂們卻頗缺乏此種自衛本能，原因可能再簡單不過，只因爲其他人所需要的信仰和儀式，無非是根植於如此的希望（可能有另一個來世，不比今生差，有可能會更好），可說是另一種形式的肉體和生命的延長（儘管渺茫過生育後代和捐贈器官）。

所以，這些豈是我們的老靈魂們所計較和在意的，對此，他們體會感觸甚深，無論是舉行最後審判的耶路撒冷的 Josafât 山谷、或那南方世界有日月燈佛……，在他們看來全無異於法華經裡所說的：一百八十劫，空過無有佛。

他們甚至輕忽他人的和自己的喪禮祭典，並非出於憎惡死屍和畏懼鬼魂（有人類學者宣稱，此二者甚而構成所有宗教信仰和宗教實務的核心），實在是這些儀式所蘊涵的兩種相互矛盾的意義（活人既想與逝者保時聯繫、又想與之斷絕關係），較之他們日日與死神所做的俄羅斯輪盤遊戲，顯然的沒有任何挑戰性和吸引力了。

天起涼風，日影飛去，我要往沒藥山和乳香岡去。

於是他們之中有些人，花大部分的時間在勤於翻閱一些羊皮紙的古籍，依照書上的方法收集生命的元素，以致智慧有若勝過萬人的所羅門，作箴言三千句，詩歌千零五首，講論草木，自利巴嫩的香柏樹直到牆上長的牛膝草，自伯夷叔齊的餓死首陽山，到介之推抱木燔死。子胥沈江，比干剖心，尾生與女子期於梁下，女子不來，水至不去，尾生抱梁柱而死。

其他的老靈魂們，因爲必須不斷的猜測死亡時刻和辨別死神的行踪氣味，使得他們也變成博聞強記、深情於既往之人。

我認識的一名老靈魂，他工作室的對街是一家數年前運鈔車被劫過的銀行，每天下午三點以後，工作再忙，他都會不自覺的注意、並腦裡記下該銀行前異常停泊（除中興保全車外）的所有車輛牌照號碼，其中幾輛他當時直覺堅信有嫌疑的，那些號碼比他自己的身分證字號都還要常浮現心頭再也無法抹去。他且十分留心可能搬運金鈔的那個時刻，留神挑選一個不貼窗的安全位置勤加窺視，以防槍戰一旦發生遭流彈射中。

另一位不屬於記憶數字的老靈魂，每每無法抑制自己的記下一大堆行色匆匆的路人，她認爲與他們錯身而過時老嗅到死神的蝙蝠味兒，於是她努力記下那人的身高體重、臉孔、年紀、甚至衣著，以便日後哪一樁案發時，她可出面做證某日某刻某地，她曾目睹該名兇嫌慌忙離開現場。

我的確相信她的預感和記憶能力，若有一天市刑大願意讓她觀看前科犯的紀錄，我保證有幾十名她可清楚指認出來。

你不也有過類似經驗？有次要去哪裡在路邊招計程車招好久半輛也沒有，也許，也許是那城市大樓間的尋常小型旋風當頭冷水似的灌下（人怕高處，路上有驚慌），你感到頭皮嘴唇一麻的趕快跳離你原來所站之地（蚱蜢成爲重擔，人所願的也都廢掉），你一心一意驚恐來不來得及躲開自身後大樓所落下的人體，不管那是出於自殺還是謀殺（因爲人歸他永遠的家，弔喪的在街上往來）——那個十二年前跳樓自殺的當紅男明星、那個跳樓卻正好壓死一個夜間賣燒肉粽而自身得以倖免的……不相干的在報紙社會版上看來種種血肉淋漓的字眼兒（銀鍊折斷，金罐破裂），你發覺自己的腦子怎麼那麼無聊、儲藏如此多老天你沒半點意思要記下的事情，並同時心靈充滿寧靜的望向天空，放心的好奇着，打那兒連一片落葉或冷氣機水滴都沒有落下。

那一次，死神是如何揀選、而又改變主意的放過你，我並不知道，但可以肯定的是，絕非基於對你此生所作善事或惡事多寡的考量，它簡直沒有任何標準可言！

老靈魂們尤其相信死神更像頭野獸些，三不五時猛嗅你一陣，而後隨它當時的食慾狀態胡做決定，與你的肥瘦與否全沒關係。

無常，是的，老靈魂們對生死的無常感，毋寧與野蠻人（採人類學中的用詞）要相似得多。

——他們相信，像工作過勞、太陽曬暈、吃得太多、風吹雨淋這些小事故，固然會引起輕微、短暫的病痛，在戰爭中被矛擊中、中毒、從岩頂或樹上摔下來，也可能會使人傷殘或死亡，但他們相信一切會奪人性命的事故或疾病，都是源自各式各樣神通廣大並難以解釋的巫術。——

此段大要文字，是人類學者馬凌諾斯基於世紀初爲我們所描摹的超卜連茲島土著（Trobrianders），多麼相同於我們老靈魂們的想法，當然只要我們把其中的太陽曬暈、被矛射中、樹上掉下等等，代換成我們所熟知的精神和肉體上的所有文明病就幾乎無二了。

你說這一切解釋太過於形而上或簡直迷信？

那麼容我援引一段容格談心理學與文學的論述，並只更動其中「詩人」二字爲「老靈魂」。

容格說：因爲我們對迷信與形而上學懷有戒心，因爲我們企圖建立一個由自然法則所維持，有如成文法統治下的共和國一般、秩序井然的意識世界，所以我們脫離遺棄了那個黑暗世界。然而，在我們之中的老靈魂，卻不時瞥見了那些夜間世界的人物——幽靈、魔鬼與神祇。他深知，某種超越凡人能理解範圍之外的意志，乃是賜予人生祕密之來源，他能預知在天庭中可能發生的所有不可理解的事件。總之，他看到了那令野蠻人和生番們不寒而慄的心靈世界。

夜間飛行

在這個人人忙於立碑的時刻，在這個人人忙於立碑的城市，若也給我一個機會，我願意爲我所熟識的老靈魂們立一尊時間老人的巨像。

巨像背向新店溪，面向太平洋盆地，好像是它的鏡子一般。它的頭是純金做的，手臂和胸膛是銀做的，肚子是銅做的，其餘都是由好鐵做成，只有一隻右脚是泥土做的，但是在這個最弱的支點上，卻擔負了最大部分的重量。

在這巨像的各部分，除開那金做的，都已經有了裂縫，從這些裂縫流出的淚水，緩緩匯聚成一條長河、一條夜間飛行的路線。

同樣一個城市，在老靈魂們看來，往往呈現出的是完全不同的一幅圖像。

——我說的不是那商品販賣者所謂的紐約、倫敦、巴黎、米蘭、東京……諸城市。

——我說的不是那「唯一的眞實的城市」，信者謂之天國之城，實乃在他們看來，世間的一切城市不過是他們旅行或被放逐之地。

——我說的也不是我們那塵土所造的古始祖老亞當所告訴但丁的地方：至於我在那高出海面的山頂，那時我的生活是純潔的，而且沒有失寵，我留在那裡不過從第一時到第六時，彼時太陽移動圓周的四分之一。

——我說的當然就不是那未被海神封鎖、未被地震毀滅、受永恒的和風吹拂、如同太古時代一樣的伊甸樂園。

——我說的甚至、甚至不是眞正的夜間，因爲那個時候天鯉光與天陽光已融融交合。

同樣一個城市，老靈魂們所看到的圖像往往是——

例如一名家住城南、工作地點在城北、必須天天通勤的老靈魂，清晨出門他所感覺到的並不是一陣清涼的微風，而是微風中又浪跡一夜的一個年輕疲乏的亡靈。他曾在某年的一個等車的早晨，目睹那人人車兩地躺在馬路當中，脚頭焚着好心路人燒的紙錢，那人面色黑腫如瓜，身穿某高職的學生制服，霸道的舒展著四肢躺在路中央、以致來往車陣因此必須被迫繞道而行。他臨上車前，匆匆見到哭嚎奔跑而來的、可能是死者的姊姊和女友（前者敢撫摸死者，後者不敢）。好幾年了，姊姊和女友早就結婚生子了吧，總之頂多每年忌日才會想起他，老靈魂天天與它打招呼，彷彿它是路邊那常與他點頭道早安的檳榔攤老板。

車陣塞在南區的超級大瓶頸，他趁便與那各路過往的鬼魂們一一致意，彷彿是個靈媒，情感上更像是他們的家屬代表。

其實沒有一樁車禍是他親眼目睹的，甚至那個他最記掛的、肇事者逃之夭夭，死者的父親因此終年在路口立木牌懸賞任何目擊者提供線索的亡魂，死時十七歲（他記得好清楚，從報上報導得知），這幾年長大了不少，不知為何不肯協助其父親破案。

車子剛上高架橋，他的心情並沒隨眼前豁然開朗的城市景觀而放晴，他看到那名在某個雨夜裡被棄屍此處的女體，掙扎爬起來，形容慘淡、略為自己的狼狽感到難堪的望着他，他未減速的擦馳而過，險些又撞到她，「好可憐呀……」他每天都要如此對她這麼說，同情未曾因時日久遠而減退。

然後他全心全意收攏起精神，一來此段路他較缺乏亡靈們的資料，二來老忍不住沈思起那個老問題，奇怪死神到底以哪樣一個準則和時間表來叩訪、調侃人們。

通常在他思索並照例碰壁之前，就被那巍巍然的大飯店所完全吸引，那飯店十年前曾發生超級大火災，一口氣燒死和跳樓的有幾十人，後來重建且更名繼續營業，因此還記得此事的人怕沒多少了。

由於亡靈過多，而且當時各報都大篇幅仔細報導，他被迫一一記得他們並且逐漸熟識，那一大半的亡靈，他肯定他們的妻子絕對已經他嫁、並且成功的忘記他們，因爲那次火災燒死的幾乎都是男性，其中一半還是對家人說是因公出差，結果被發現與妓女或幽會女友一起燒死。

起初他覺得自己簡直倒楣極了，而且也很恐怖，他們的老婆連清明節都不去給他們上墳了，而自己像他們的衆兒孫似的，天天向他們有禮的致哀默禱，可是幾年下來，事情發展得彷彿變成這樣；他看到滿滿一幢樓的每一個窗口皆擠滿了人，他們既悲傷又快樂甚至有人吹著尖亮的口哨向他猛招手，綵帶、七彩色紙飛滿天空，正像是一艘大郵輪即將開航時道別的場面，令他心情每每爲之起落不已。

隨後車過圓山基隆河，令他目眩不已的（每年十幾輛）飛車爭先恐後衝入河，令他無暇顧及另外幾十對正携子女跳河的年輕母親們。

更遠一些，他清楚看到北淡線未拆時的那鐵道橋上，一對談心的男女不及躲避火車而被迫跳入河中，屍體奇怪的再沒有被找到。

此處塞車漸漸嚴重後，他得以細細條理一個個亡靈的故事，甚至及於橋下再春游泳池所紀念的那個三十年前、在金山海邊捨己救人的小男孩。

…………

——同樣一個城市，在老靈魂們看來，往往呈現完全不同的一幅圖像。

老實說，我也不知爲何在今日這種有規律、有計劃的嚴密現代城市生活中，會給老靈魂一種置身曠野蠻荒之感，他們簡直彷彿原始人在原始社會，隨時隨地他都可能、容易受到各種意外巧合的襲擊，並因此遭遇死亡。他們像原始人似的必須天天面對充滿數不盡惡作劇力量的世界，除了前述的主動選擇死亡一途，他們只得煞有介事的處理一切、我們視爲荒誕不經笑破肚腸、而他們所認爲的神秘徵兆。

曠野之子（太陽曬熟的美果，月亮養成的寶貝），我竟想如此稱呼他們。

——曠野之子耶穌，死時貧窮而裸露。

也有哲人藉超人之口如此宣稱：曠野之子，他死得太早，假若活到我這年紀，他也許要收回他的教義——
我們的老靈魂，我無法再爲你們做任何解說了，畢竟終有一日，你們終將妄想奪下
海神的三叉戟及其寶座及其發自海底最深處的歌聲：
或許夜行者，
把這月暈叫做氣象，
但是我們精靈看法不同，
只有我們持有正確的主張，
那是嚮導的鴿群，
引導著我女兒的貝車方向，
它們是從古代以來，
便學會了那種奇異的飛翔。

袋鼠族物語

這個故事，是寫給非袋鼠族看的，因爲袋鼠族大約不會有時間和心力看到。

自然，首先應當先介紹一下袋鼠族，我想你一定看過她們，不，不是在澳洲，不是澳洲才有的那種動物，你一定看過的，……若沒有，而你又眞有興趣知道，不妨提醒你，其實隨時有機會，明天早上，稍稍晚過你平日的上班時間，無論你是自己開車、搭計程車或等公車的人，對，差不多了，但請你把目光從小 UNO 或 MINI 奧斯汀的駕車女人移開，她們不怎麼算是，不是本文所要討論的。

對了對了，這次你看的目標對了，一輛總是以急煞車方式靠站的公車來了，請你忍耐一下煙塵別閉上眼睛，看仔細了，不要急，她們此時的出場方式本來就是這樣，車門打開半晌下不出半個人，但請你再耐心等四、五秒，沒錯，有時先是一雙蹣跚的小胖短腿遲遲疑疑的凌空試探著，不顧身後頻頻催促的母獸；也有些時候先入眼的，是一雙穿著過時平底鞋的女人小腿——其鞋過時的年份或三年或四年，端看其小獸的年紀——，然後與其滯頓身材不成比例的好快一個迅雷動作，把身後的小獸連拖帶抱的掠下車、以免遭司機嫌惡的臉色……

那麼，你就看到她們啦……

太平常了是不是！你有點受騙的感覺，卻也在理智上出現了一點點的裂縫，吃驚她們的理當存在、而的確怎麼你從來未曾發現！若你還殘存一些好奇心和推理能力，相信很快便會歸納出兩個原因，第一，你將會誠實的承認，若不經提醒，的確不可能把目光駐留在那樣的身影上，無論你是男是女，你可能盯著一個小學五年級女童的身影羨慕她的苗條，你可能被一個粗腰的大學女生吸引眷念她的青春，你會彷彿嗅到成熟得快冒酒味兒的偷窺一個或肥或瘦的前中年期女子，猜想她道貌岸然下如狼似虎年紀的牀上生涯……，好奇怪的發現自己快要有點變態，你居然就是沒看過一眼袋鼠族的母獸，無論她們年紀大小或美麗平凡。

不管你找到結論沒有，我們在人類學裡可能可以找得到令人安心的解釋：在哺乳期撫育幼獸的母獸，當然暫時不是尋求繁衍後代的理想交配對象。

那麼，第二個原因，可能與你平日的生活動線有關。

若你是個朝九晚五的上班族，你斷無機會與她們照面，因爲通常你上班的時候正是她們外出活動的時候，你下班自由時，則是她們必須回洞穴的時間。若你是頂客族、雅痞、單身貴族或自由業者，你更不可能碰到她們，想想，自從你晉身這種身分階級後，什麼時候你去過換季打折拍賣的百貨公司、傳統市場、社區小公園、麥當勞、肯德基、市立動物園和中正紀念堂（只除了三月學運時你曾帶了外國朋友去拍攝那些終於你的國家也有了的城市塗鴉，並且抗爭的對象、議題也與你十分一致）。

好了，找到了這兩個理由，你也稍褪去了微微的愧疚感，雖然她們並非是清楚明顯的弱勢團體，更未必需要你的同情，但那搖搖晃晃上下公車的身影——她們幹嘛不坐計程車呢眞是的！畢竟都會生活裡，那並不算是花不起的開銷……

你仍然有點好奇心是不是，但答案卻往往出乎你意料之外的簡單，在半年一年治安急劇惡化之前，深恐碰到什麼之狼的司機並沒在她們的考慮之內，她們往往寧願以一趟計程車費，換得小獸可以快樂尖叫的坐十幾次電動車（有沒有，那種甘仔店前或大型超市前置有的，自從你脫離童年期就再也沒注意過的），不然或可換取一份各速食店所推出的夏日套餐，可在冷氣間消磨好久，任小獸玩那番茄醬或可樂裡的冰塊或套餐所附贈的玩具，暫時不用纏母獸，母獸可發呆或偷偷打量張望陌生的周圍其他人，好奇那些無聊情話說不完的年輕男女，年紀差距與她最近卻是她最感遙遠的一群；也可能她剛剛狠心又幫小獸買了一雙Snoopy鞋（鞋並不貴，但問題小獸已有四、五雙了），以為一趟計程車費可以抵銷一半鞋價……等等，但請不要誤會她們是貧窮、所以必須斤斤計較的一群。

做為人的我們，可能要費一些想像力和耐心才能了解，物質、經濟在她們心中的圖象，不是央行目前的M1B貨幣供給額，不是利率匯率的昇降，當然更沒有躉售物價指數……，你知道嗎，甚至她們計價的貨幣單位跟我們也不一樣呢，她們常以一瓶養樂多、一捲×姊姊說故事或兒童英語ABC或古典音樂入門的錄音帶、一箱Pampers尿布、一桶樂高玩具、一套麗嬰房打六五折後的上一季兒童外出服、一打嬰兒配方奶粉，代表我們使用五塊錢、一百元、五百元、壹仟元和他先生十分之一的薪水（當然我們也常以一輛德國國民車、一張台北↓洛杉磯的來回機票、一張國家劇院的門票、一張國壽股票、一杯咖啡、一份晚報做爲貨幣單位）。

其實，在並不很久以前，她們亦曾經是一群以一雙美麗的進口鞋、東區服飾店買來當季流行時裝、一次有設計費的燙髮、一家新開咖啡店的午茶、一本黛雜誌爲貨幣計算單位的族群。這是不是拉近了一點你與她們的距離，使你漸漸想起她們也曾經是人，曾經如同你目前已熱烈追求、神秘莫測的女孩，因此你或許不免會吃驚，你心愛的女孩，將來，順利的話，或許並不很久以後，也會成爲袋鼠族的一員。

怎麼，你願意多知道一些關於袋鼠族的事了，……那麼，在你已經對袋鼠族有了初步的了解後，我可以慢慢開始講了，袋鼠族物語。

從前從前，哦不，並不很久以前，有個袋鼠族

（北方有佳人……）

並不很久以前，有個標準的袋鼠族女子，年紀可能二十七八，小袋鼠三歲，因此倒

推回去，母獸通常結婚二至四年，離開學校與育兒間曾不痛不癢工作過幾年（那些事業甚有前途，因此選擇工作，將幼兒每天、或每週託保母、祖父母的婦女，當然就不列此族類），然後通過種種不可思議的愛情故事，嫁給目前的丈夫。

說起丈夫們，類型就要多得許多了，不過我們大約可以找到一個共通點（男的？自然這一點不算），不管職業種類、所得多少、職位高低，都大約正處在事業的開始，最需要全力打拚的時候。再加上全家（雖不過三四口）的生計都繫於他一人，所以，你也知道了，他們的全部心神、精力、時間，大都以工作爲重心，他這樣相信，也這樣做，如同他身邊的所有其他雄性，再自然、理所當然不過了。

我們故事主人翁的一家之主，就是這樣的：而立之年，月入暫定四萬（根據內政部民國七十九年發布的調查統計，如此才不致淪爲台北市的低收入家庭），體重比婚前重十公斤，久久一次帶兒子去台大校園放風箏或遙控汽車，戀羨或嘲笑的看著籃球場上正在鬥牛的大學生的球技和衝勁時，才會暗自悲哀自己的髀肉早生。但當晚，他如尋常的每一個日子一樣，花兩三小時看小耳朵的各種運動節目、而不願花一分鐘做二十個伏地挺身。

可是這有什麼好奇怪的呢，正値求偶期的非袋鼠族朋友，焉知袋鼠族夫妻的懶怠吸引彼此、相敬如賓、謹守分際，會不會才是人生的常態？雖然我們的母袋鼠有時也會暗自疑惑，那個、那個（令人難以啓齒的）愛情，發熱病似的行徑怎麼吃了退燒藥似的消退得如此之快。

由於她的戀愛期大多與已婚期差不多長短，所以確實難以分辨出何者竟才是人生的常態？她惟變得默然。

說到相敬如賓、默然……什麼的，袋鼠族家庭通常是安靜的，除了喧天的電視卡通和間或小袋鼠的快樂喊叫或挨揍痛哭聲。

袋鼠丈夫的沉默，是因為（婦女雜誌或婚姻專家告誡過母袋鼠很多次的）在辦公室一整天下來，有心機無心機的講了太多重要公事或與同事的閑扯，以致回家像打完一場大仗似的不想再使用嘴巴和語言。

母袋鼠呢，出乎你預料的，通常都善體人意的不煩累丈夫，不莽撞的想找他「談心」，一方面是接受了前述婦女專欄的告誡，另一方面，不管你相不相信，她在成獸的語言溝通上逐漸喪失能力。因為，三四年來，大多時候一天二十四小時她的會話內容是「

寶寶哪，要不要吃ㄋㄟ•ㄋㄟ？」「謝小毛，怎麼又便便在尿布裡呢。」「囡囡，都沒說愛媽咪。」更不要說她的詞彙早已大退化到「ㄅㄨㄅㄨ」、「汪汪」、「果果」、「天空藍藍」，常常一星期中她說過的大人話是，跟收水費的說：「水管是不是有漏，怎麼可能那麼多錢？」與巷口的超商老板娘說：「一共多少錢？」或是「××牌奶粉能不能幫我喊一箱，算批發價？」自然若她去的是超級市場而非傳統市場，她註定又少掉了幾句與菜販討價還價、說大人話的機會。

因此，她變得前所未有的自愛自制，避免用貧乏的言語向丈夫描述貧乏的生活。

所以，萬一你有機會在一個公共場合裡看見一個袋鼠家族的出沒期間，一番偷窺之後，不要奇怪雌雄袋鼠的互相不交一言，而只各有所思的含笑注視著正在胡搞搗亂的小袋鼠，要知道，他們在家裡，也是如此的，沉默。

對不起，容我繼續這個故事。

她沒有生活

（遺世而獨立⋯⋯）

怎麼可能呢!?怎麼可能會有人沒有生活!?

也許，你頂多承認生活的確有貧乏、豐富、低潮、高潮之別。

但這個定義的前提是，你是你生活的主體和中心，或許這樣講仍然不清楚，並無法說動你，那麼只好讓我們再回到故事本身，繼續看看母袋鼠通常的行徑(容我堅持不用生活二字)。

母袋鼠常常家中不訂報，而以總花費同樣、或更高的價錢爲小袋鼠訂一年份的學前教育幼兒雜誌。反正丈夫在辦公室什麼雜誌報紙都有，反正時間太少了(小袋鼠一兩歲走不穩時，母獸甚至必須帶著牠一起上廁所，免得幾分鐘出來已人事全非)，而且報禁開後報紙張數又呈反比的較她往常閒得發慌時多了那樣多。所以識字、而且大多受中等以上教育的母袋鼠，雖不看你天天不能不讀的報紙，但她讀的東西大概你這一輩子也不會讀到的，「如何教養內向的孩子」、「生完老二之後」、「乖寶寶摺紙」、「台灣的野生植物」、「史前怪獸」、「○歲教育」、「中國成語故事」……還有無數讀不完忠告她成爲好母親好妻子的書，時時提醒她的一無是處，使她前所未有的比學生時代還謙虛受教。

也有些母袋鼠會力圖振作，鼓起最大力氣一躍而參加有關伸張女權的座談會或講座，抱著希望以爲會替她的處境做任何正義公平的發言，結果往往先懊喪於聽起來頗言之成理的男女同工同酬。

出於一種難以告人的自私，她寧可還是男性的報酬多些，儘管她以往工作上班時，也滿認眞、不下於男同事；儘管她也曾憤憤不平領薪時候註定差異，但現在，她更記得那時候每月的薪水是如何花的：年節才須給父母，平日無甚遠圖，狠起心時，可以用半個月薪水買一套不買絕不會死的衣服，可以用銀行僅剩的存款託旅行社工作的朋友在巴黎買一個超級名牌的皮包，然後整個月乖乖上班下班吃爸媽的……

所以，與其給那些她也曾當過的女孩子亂花，不如給必須養家活口的男性多些。

於是她略微沮喪的退而求其次，打算暫時先扮好母親的角色就好。

她帶小袋鼠去你絕對沒去過、甚至不知道的親子圖書館或書店，愈去愈慌張，發現小動物的世界競爭已如此激烈，有四五歲的小孩在朗朗唸著沒有注音符號的讀物，有兩三個才會說話不久的小孩快要吵起來的在討論雷龍暴龍虛形龍是草食還是肉食動物；有背小學書包的小男生鬧媽媽帶他去動物園玩因爲這裡面的書他全看過了，不知是眞是假，但總歸聽得她簡直心驚膽跳，覺得她們母子已被淘汰出局。

有些遂自暴自棄，自我放逐去逛街購物，這往往是她們娛樂的主體，你能想像她們會出沒在KTV、舞場、電動玩具店、PUB、鋼琴酒吧、咖啡館、及頂客族家的沙龍聚會、這些城市人通常的娛樂場合嗎？但也請勿誤解她們的購物娛樂，不不不，不是股市崩盤前你在收市後的下午於福華名品店看過的那些出手頗大的家庭主婦（股市狂飆時期袋鼠族婦女的異常行爲另有專文討論之）。

這樣吧，若以一家台北市的大型綜合百貨公司爲例，什麼，你好像沒見過？那當然，她們不會出現在少淑女裝、紳士服那一層，或視野甚佳、咖啡豆和咖啡調製過程也甚專業的臨窗咖啡座。你若好奇的話，請選你總跳過的那兩層，不消說，兒童用品玩具層，和衛浴、廚房用品那層。

袋鼠族女子基於種種原因，通常只有興趣打扮孩子和丈夫，也許是婚前快打扮膩了，重新發現一塊領域可以理直氣壯的開發購買；也或許，雖然好幾年了，她還很不習慣接受自己的身體變化，瘦不像以往瘦得皮膚緊繃，胖也不像以往胖得膚肌飽亮，過往種種衣服全都格格不入，太短了，太緊了，太繁複累贅了……

袋鼠族近乎神經質的勤於幫小袋鼠密切配合氣溫的昇降換裝，自己的衣櫥卻好久沒換季了，冬天忍耐寒冷的穿秋天的衣服，夏天老要中暑的也穿秋天的衣服，好在丈夫們恰恰也不察呢。常久以來，她已習慣丈夫的疏於注意她的打扮，因此也不曾注意她的沒有打扮。

袋鼠族女子且都看不厭寢具、毛巾、杯盤，買或不買都不減損她觀賞的興致。在你同情的略表不解之餘，不妨提醒你，你會驚訝鳥兒銜枝築巢、蠶兒吐絲結繭的自然現象嗎？

袋鼠族女子久久也會發作一次的帶著小袋鼠出遊一整天，晚過晚飯時間才回來，以致做丈夫的有些擔心，暗自正要開始好久不曾有過的自我檢討，卻見母子袋鼠精疲力盡的進門。

母袋鼠的神采有異好令人費解，細心些的丈夫可能會自願接過小袋鼠幫它洗澡，並側面打聽是去哪裡才弄得那麼晚，再有耐心一點的丈夫可能可以從小袋鼠破碎的話語拼湊出她們那天遊玩的路線圖，是他們談戀愛時常去的地方，是第一次（好吃驚自己居然記得）吻她或幾乎不能克制的地方。

還殘存有一些些愛情的丈夫，可能會搖頭苦笑，自言自語：「在想什麼，女人眞是！」老實承認自己對她們的不能了解。

再有一點溫柔的丈夫，可能打算等一會兒，小獸入睡後，好好的抱她一抱，端詳她一眼。可是這種並非爲了前戲的親密動作、天啊竟叫他有一種生疏害羞。因此他好大方的不吝於陪小獸在浴室玩很久，暫時不出去面對那個眼睛發亮若少女時代、曾令他手足無措的小母獸。

當然，依人類人性的常態比例，大部分丈夫們的反應是，放下報紙，像一個大兒子似的埋怨：「怎麼會弄到這麼晚，害我吃了一包泡麵。」

也有不明比例的丈夫，會在一個好天氣的假日裡，靈光乍現的自願在家帶小獸，放母獸一人出門輕鬆休息。

母獸們或牽掛或感激快樂的出門，決定好好過一個女孩子時代尋常的生活。但是好奇怪喲，若逛百貨公司的話，你永遠不會去的那兩層像下了降頭似的把她立時吸過去。她或許將近逛完才突然懊惱自己的難得機會，趕快去逛流行服飾，卻大大驚訝現下的衣服怎麼那麼值錢（一件可抵半個月伙食費，或夏天痛痛快快開廿四小時冷氣的一個月電費呢！）盤算中，她很自然的到地下室的超市，家中即將用罄的種種生活用品迅速吸引住她全部的購物興致。

待不堪重荷的離開百貨公司，發現購物袋裡全是丈夫小孩的東西及生活用品和當晚的伙食，或安慰或苦惱的打算擇一家看起來很安靜舒適的咖啡館坐坐、發個呆。

拎著重物經過好幾家，卻都過門不入。那透光都甚好的大玻璃門窗中的座上人們令她如此面生，衣著、打扮、聽不見卻滔滔不絕的神態，均與她殊異。

她不願承受這種落寞，向自己建議，用一杯咖啡錢換計程車回家吧，她不得不承認有些想念小獸，想念牠看到新玩具或穿上新衣鞋或看到她時的各種神情。

這一想到小獸，很快就會發展到神經質的地步，會不會丈夫看電視睡著了，小獸萬一摸到陽台上怎麼辦？萬一摸到廚房去亂按各種開關，或是浴室浴缸旁的那瓶清洗劑，早上洗過馬桶忘了收的……

歸心似箭的路上，忽然憤憤不解的認爲小獸的脫離她是多麼的不合理不科學。她好想仿效以前家裏飼養過的母貓一樣，那母貓不放心人類的頻頻窺伺而把小貓吃下肚去，她好想就那樣把小獸吃回肚裡，吃回好安全的子宮裡。那樣的話，可以無牽無掛無憂無懼，什麼事都可以做，什麼地方都可以去，甚至有沒有丈夫什麼的都無關緊要。

這番並沒有任何誇大的簡單介紹，應該略取得了你對袋鼠族的進一步了解吧，……當然我認為這個共識很重要，不然我們的故事就進行不下去了呀。

她沒有朋友

（一笑傾人城，再笑傾人國……）

那當然是指現在嘍。

袋鼠族原先跟你我一樣，有很多（起碼有）朋友，隨著時間的流逝，朋友們也發生變化，有的和她一樣也成了袋鼠族，另外則粗略的可分為單身貴族和頂客族。

後兩者（大概目前正是你朋友的主流），很快就會與袋鼠族分散流失。若你感到不解的話，請你回憶一下，好遙遠是不是，你曾經有過的袋鼠族朋友：首先，你覺得與他們約會的時間、地點怎麼如此困難，如前述過的，小孩可以去的地方（速食店、公園等）以及小孩可以活動的時間（晚上八、九點之前，那對你們而言，八、九點之後夜才開始），你們簡直無法配合，於是你們只好邀請他們到家裡（袋鼠窩的凌亂忙碌是不宜於做主人宴客的）。

於是，他們就來啦。

你很快的便會感到略微驚訝是不是？怎麼在辦公室一向健談，或曾經可以與你聊一下午的母袋鼠變得啞巴似的，或聾了似的心不在焉，既無暇欣賞你們精心佈置的家，也不曾誇讚、品味你們自己做的或從名餐館叫來的菜餚。你更不解母獸爲什麼要那樣亦步亦趨尾隨明明已走得很穩的小獸（告訴你，她惟恐小獸在你們潔淨的牆上留下壁畫，或打破你們的擺設，或只須一眨眼就把你們的綠色植物全部拔光）。

等你開始發現小獸果然有上述的種種劣跡時，誰叫你們拿不出一副壓克力餐具（不得了，一個日本京都清水寺前買回的冰紋陶碗應聲而破），誰叫你半天也找不出一個兒童玩具，以致我的天啊牠正在啃玩你們的一個尼泊爾木製圖騰，而且一刻不停的追殺你們叫做兒子的小博美狗，你甚至拿不出小獸哭鬧半天在討的養樂多、口香糖或種種垃圾食物（哪怕你們準備了好幾種牌子的好葡萄酒）。

你開始必須忍耐一點點的不耐煩，並且奇怪平日非常明理的夫婦爲什麼如此放縱小孩（若是我的小孩，媽的早給牠一頓好揍了！不要不好意思承認，母袋鼠在沒有小獸前，在此情況也曾做如是觀的）。

很巧的，你當時自覺隱藏甚佳的厭煩、不解，他們也完全感覺得到，而且往往只會比你更甚。所以，你們和他們好合作的暫時不再密切往來，一直到現在，對不對？

至於單身貴族的朋友，較能配合袋鼠族的忍痛出沒在一些好沒氣質情調的家庭式餐廳，吃驚昔日朋友怎麼出落得如此落拓不修邊幅（袋鼠族也好吃驚、或羨慕對方怎麼如此有閑有心力這樣精心雕琢自己），單身女子有時好熱心的買了一件小孩衣送小獸（袋鼠族口上說謝謝，卻吃驚對方對一兩歲與三四歲小孩的身長尺寸差別如此無知）。單身女子如以往一樣推心置腹談目前的感情生活（袋鼠族女子好同情眼前熱病中幼稚可憐的女友，以爲世上事事艱難，惟情字是最簡單可解的）。

有些善體人意的單身女子會努力迎合袋鼠族，熱切好奇的詢問打聽小獸的種種（當然這是袋鼠族女子永遠不倦的話題），可是也因此令母袋鼠生出一種對眼前舊日女友的認生寂寥之感，她寧願對方如以往一般閑聊她們女孩子數十年如一日的話題。有些正處於感情空白期而又眞正欣羨袋鼠族的母子之情（那日小獸反常的表現一等一好），不知是眞是假的大肆揚言也想仿效某些前進女性的不婚生子，袋鼠族女子一點都不想費力告訴對方現實生活中種種育兒的辛苦，卻害羞的極力忍耐住眞心想說的話：知不知道，夜晚床上的男女，竟是目前生活最主要的慰藉和滋潤……

因此，不用再說明，你也知道，袋鼠族女子也暫時的疏淡了與單身女子的交往，直至今日。

物以類聚，就如同你的朋友大多是單身貴族或頂客族，袋鼠族的朋友們漸也失散淘汰到只剩袋鼠族。

你絕對無法想像那種交往的便利。不消說，她們活動的時間、地點先就完全一致，不管誰到誰家做客，再也不怕帶的三條褲子全部尿濕（可向對方家庭的小袋鼠借），再不怕沒有幼兒吃食，再不怕打破任何東西（那隻小獸上次在你家才打破過呀！），再不怕誰要勉強配合誰的話題。（你想，哪家幼稚園好像不錯，哪裡可以買到特價的尿布奶粉、或有特殊管道可以買到折扣低的兒童套書及各種教學錄影帶，以及小袋鼠目前性向發展的種種精微之處，做爲非袋鼠族的你，老實說，會有興趣嗎？）

但你也別因此可以替她們鬆口氣了，袋鼠族家庭與家庭的來往也就僅止於此了。往往一次聚首下來，小袋鼠們都表現良好的話，大人可以順利交換如前述的話題；若小袋鼠有狀況（打架、搶玩具，或你無法想像各種形式的獸性大發），往往母獸們各自忙亂一晚上，沒有機會做任何的交談。

袋鼠族家庭的交往，能夠建立深厚友誼的，絕大部分是那群時而翻臉時而彼此想念得要死的小袋鼠們。

所以，若是我們將朋友定義解釋爲：談心，共享生活、彼此懸念……，那麼，這裡會出現一個令我們吃驚的答案，她們目前唯一的朋友是自己的母親。

阿媽外婆們通常好無聊，（儘管如此，還是不考慮替她們帶孩子），尙不知要如何玩起的只得隨女兒外孫冶遊。所以，若你願意繼續好奇下去的話，你會在一些前述袋鼠族出沒的場合裡看到這幅尋常，又略嫌怪異的場景：打扮整齊、鮮麗勝過女兒，甚至穿上有跟的鞋子的阿媽外婆、頑皮的小獸、蒼白不大說話的母獸。

通常，母獸那時心中正想著的事，與我們的吃驚竟有些不謀而合，她很不習慣老母親的過於年輕（雖然老母親仍如幼時記憶中差不多的勤儉，但是竟捨得一年四季都治新裝，她做母獸以來添過的新衣大概不敵老母親一季所買的，雖然老母親也常將胡亂買來不合身的新衣送她），也不習慣老母親的過於年老（老到像與她的小獸心智年齡相仿的老小孩，尤其見她喋喋不休認眞詳述與老父日常生活中的那些幼稚爭鬥、口角時）。

但肯定會讓我們覺得不可思議的，她在測謊機下吐露的眞實心聲是，她好吃驚好羞愧的必須更正「養兒方知父母恩」這句智慧古語，不對不對，她怎麼也想不起幼年期老母親對她所費的心力會超過她目前的對待小獸，根本就不曾！用大白話形容的話，就是，養兒，方知父母當初多麼的任她們自生自長（自滅）。

當然她不安的趕快努力找出兩個原因，也許她幼時父母正忙於家計，畢竟那是個普遍貧窮的年代。也許，她們兄弟姊妹多了些，不若小獸現在的能集所有寵幸在一身。

因此她其實變得更孤寂。

愛打扮、想重新過活的老母親成了青春期女伴的嘰嘰喳喳，陌生之外，叫她無言以對，因爲所關心的事物太不相同了。她也無力去扮演婚姻諮詢專家以排解老父老母的長期爭戰，因爲她也好困乏痛恨於老年男子的昏庸與脫離現實。

似這般交友的形式和內容，你能在你的數百種朋友（甚至敵人）關係中找到嗎？

所以，如果你不堅持的話，我們就這麼承認吧，袋鼠族女子，是沒有朋友的。

於是，她想死

（寧不知傾國與傾城……）

若是把動過一次想死的念頭，當成精神上已死過一次，那麼，袋鼠族女子大都有過一次或數次死亡的記錄。

的確，在這個沒有戰亂、沒有貧窮、沒有悲歡離合的年代，甚至沒有任何人發生任何事，甚至，她的丈夫很反常的還十分依戀她如昔……

我知道你難以相信，但這個謎樣的關鍵確實難以解釋，我只得請求你的配合，請你做一下好久沒做的事，假想自己裝上了一對翅膀，飛翔起來溯你的回憶而上，穿過城市、穿過第一次的戀愛、穿過高中聯考的炎熱夏日、穿過女孩子的初經、男孩子的第一次夢遺的夜晚、穿過歡鬧不讀書的小學……

也許五六歲、也許三四歲，總之你們兄妹數人的年紀正分布於其中。好奇怪有次母親帶你們在野外玩了好久都不催你們該回家了，那日母親好反常是不是，沒察覺你們輪番前去的告狀，因此也沒發出任何責罵聲，她異於平常的溫和模樣讓你們覺得先是僥倖後是略爲害怕。

後來都黃昏了也還不走呢，不回家做晚飯！那時天邊的農家已亮起了微弱但好溫暖的燈光，那雖然是夏天，野地裡的風卻變得好冷嗽，你們竟然不想玩了，怯怯的推派大哥去拉拉母親的衣角，提醒她好回家了，母親恍若未聞的看著遠方殘存的霞光、或心不在焉的一一望過你們的臉，令你們其中最膽小敏感的一個孩子恐懼得哭起來。

當然，最後還是回家了。母親一樣的做飯、理家事、照顧你們，直到她如常的又開始有力的責罵你們，你們才不明所以的一起暗暗鬆了口氣。

至於父親的反應……，你跟我一樣，好像怎麼都想不起來了似的，大概是跟平常完全一樣的緣故吧……

那一次，沒錯，你的母親已經死過一回。

若你夠細心，或記憶力夠好，你還可慢慢想起一些形式或者不一的母親動了想死念頭時的情景。

請不用覺得愧疚，二三十年後才發現母親曾經死過，要知道，做爲袋鼠族女子最親密伴侶的大多數袋鼠族的丈夫們，他們一輩子或白首偕老、或有袋鼠族女子在眞的付諸行動的自殺事件發生之後，他們都仍然不知這個朝夕共處的傻女人，爲什麼會想死，當然更不知道她們曾經死過好幾次了。

她，就死了

（佳人難再得……）

不是嗎？社會版上看到過太多次袋鼠族丈夫們這樣說：

「我不明白我平常很顧家，做牛做馬就是爲了她和孩子……」

「我們根本沒有吵架，起碼在她……死……的那前幾天連個鬥嘴都沒有，我平常應酬當然是有一點，男人工作都不能免的，可是假日週末我絕對都留給她和孩子……」

「我對她這麼好，爲什麼會這麼狠心，連小毛都一起帶去，我完全想不出爲什麼！」

「沒有第三者沒有外遇，你可以問我岳母，連我們偶爾吵架我岳母都站我這邊。我不相信，我這輩子跟人無寃無仇，簡直想不出誰要殺她們，她絕對不是自殺！」

那個數年前帶著三歲兒子在六張犁公墓澆汽油自焚的女子，死時還又似反悔的以身體護遮其兒子……

那些（有太多次）在帶過子女在兒童樂園玩過，而後在圓山橋上佇立良久，最後一躍跳下基隆河的母子母女們……

那些自南到北，一年總會發生好幾次的，母親幫小孩穿上最好的外出服，而後一起躺在床上睡覺覺再開瓦斯的……

那個掐死了半歲大的兒子，而後自己嚇得躲在床底直至次日才被人發現的十八歲小母親（79・7・4・聯合報）……

她們的丈夫、親友都哭號著說完全看不出她有任何尋短的跡象，怎麼可能是自殺，一致同聲請求警方往他殺的方向偵查。

但是，

沒錯！

都是她們幹的！

袋鼠族女子！

而且，還在繼續中……

1992.3.25.

春風蝴蝶之事

親愛的朋友，請你先不要猜測我的性別，是男男？或女男？女女？或是男女？

我並非害怕承擔責任，承擔稍一不慎所可能引發的四性大戰的後果，我只是希望你先不要因爲猜測並自以爲肯定了我的性別，而對我的敍述有若何預設立場，以致錯失掉一次□□□的機會（這個虛位以待的字眼，可任由讀完全文的人各自塡寫，字數當然也可增減）。

那麼，請容許我暫時把自己隱身在這四種性別之中，男男，女男，女女，男女。

是的，我妄想把「同性戀」這三個字，做一番鬆動、解構、顚覆、甚至是除魅的工作。

時至今日，不分畛域，在各個社會最保守、堪稱容忍底線的那一階層的人或觀念裡，同性戀固然大多時候仍是個髒字眼兒，但是在更多、更顯而易見的領域中——你所能立即想到的藝術圈、文化圈、戲劇舞蹈表演工作、建築、設計——，它更彷彿是個象徵高貴與智慧的桂冠，高高戴在他們的頭上，注意，是「他們」，男男和女男們，而從來不是「她們」，不管你怎麼稱呼，Lesbian, Tomboy……，所以，你猜對了，我打算把那頂桂冠從他們頭上搶下來！

我承認，這是一件艱鉅的工作。

當然首先，可能必須從他們動輒喜愛援引的柏拉圖時代談起。

我們從彼時菁英分子的談話中，可淸楚知道他們對男人與男人和男人與女人之關係的大致看法，例如有人（阿里斯多芬尼）說，人本來有三種：男性、女性、男女性，皆力大心雄，欲與天諍，主神宙斯爲了兼顧處罰和不欲使其滅絕，乃將人一剖爲二，人旣剖後，此半急求他半，及其旣得，則不願再離。

此中，由男女性剖成的乃成異性戀者，縱慾無度；由女性分裂而成的女子，多女友，視男子則漠然；由男性分裂而成的男子，則多男友，愛護之不遺餘力。

也有人（蘇格拉底之友人波撒尼）直言愛情有兩種：高尚和庸俗。

庸俗的愛，重肉體輕靈魂，但求達其欲望，取徑之高尚與否，皆所不計，魯莽滅裂，奴於風俗之愛，至愚者所爲。庸俗的愛神，年事較幼，由男女結合而生。高尚之愛神則不然，由男性所生，女性無與，此其所愛，僅及少年……

一言蔽之，希臘之愛，僅存於男子與男子之際，女子不與焉。

大體來說，我是贊成的。——女權主義者請稍安勿躁。

我以爲，彼時去蒙昧未遠，避孕技術不僅不發達，繁衍後代還是一般人們重要而強烈的生存本能，儘管異性戀其中迭有偉大的愛情故事流傳，但到底婚姻生涯中感情和繁殖後代所分佔的比例實在難以區分，這個事實委實令人（阿里斯多芬尼、波撒尼……）難堪，相形之下，不存任何目的的男性之間的感情，在這些偉大智慧的心靈看來，要顯得純淨、理性、持久，對，高尚得多了。

他們除了追求、頌揚此種情感，並自矜自愛的小心護持，他們認爲此種男子相悅之風應該致力於道德之修養，務求與修德問業之事合而爲一；他們對待彼此執禮甚恭，事之惟謹，以爲非此不足以增進其智德，其事友之誠，不能視之爲佞；他們以禮自持，不敢踰越，取和給予之際，各得其道；此種無所爲而爲的愛情，雖受詐虞，不足爲恥。

他們且世故成熟的勤加檢討、所身屬的雅典城邦以及他國對此種感情的差異優劣；他們甚至有些理性過度的對愛悅之對象有所規定，他們認爲受其愛悅感化者，於男子中爲智勇兼全之士，愛慕無似，此中關係，高尚純潔，人能辨之。彼所愛者，非愛其爲童子，乃感其才智之漸臻發達，故愛護之，終其身如一日，不以其弱小而侮之。

他們同時堅持，禁愛幼童，甚至主張應立法禁止，理由是幼童將來爲善爲惡不可預卜，不幸爲惡，則一腔熱血，付之東流，不太可惜?!

他們是如此無慾無求、不求回報的對待對方，而以諸神都絕對差之遠矣的聖人行徑來苛求自己，那麼他們若把此種愛情的位階標高於異性戀和尋常的婚姻制度之上，或甚至鄙薄之爲粗俗的、只愛肉體、不愛靈魂、見異思遷、色衰愛弛的庸俗情感，我也沒有意見，眞的，因爲我也確實贊同，異性戀，從古到今，有一半以上的時間其實是花在處理性慾、性行爲上，所謂的處理，自然包括抗拒、排遣以及享受、放縱。——異性戀者，也請稍安勿躁，容我稍後再陳述我的理由。

然而，是後來受基督教貶抑、禁制同性戀的原故嗎？他們彷彿被神逐出伊甸園的一群，更彷彿那引誘女人向神抗命而遭咒詛的蛇一樣——你既做了這事，就必受咒詛，比一切的野獸更甚，你必用肚子行走，終身吃土，我又要叫你和女人彼此爲仇，你的後裔和女人的後裔也彼此爲仇，女人的後裔要傷你的頭，你要傷她的腳跟——

於是他們終身吃土，以腹行走，遁入地底深處，於今千有餘年。

他們接受黑暗，也接受了黑暗處最易滋生的一切。

在這段無法見天日的生涯，他們是如何從聖徒式的生活哲學、到世間最懂得享受肉體歡愉至顚狂的一群，應該不難理解，八四年死於愛滋病的傅寇（Michel Foucault）告訴過我們，中世紀以來，異性戀的經驗主要由兩個部分所組成，一是男人女人間的求偶，另一則是性行爲本身。

傅寇認爲，自從基督教剝奪了同性戀的表現工具，因而同性戀只得將他的全副精力放在性行爲本身上面。

我更覺得，他們，彷彿酒神戴奧尼索斯，被宙斯從那高高的天庭擲下，英國詩人密爾頓的短詩如此描述過：

——被盛怒的宙斯扔下，
飄逸過晶瑩透明的城垛，
他從清晨跌到中午，
又由中午跌到露濕的黃昏，
在一個夏季的日子裏，
伴著落日，像流星般
跌到愛琴海的雷姆諾斯島——

（我記錯了沒？是酒神？還是因醜陋跛腳遭嫌棄的火神？）

你不堅持的話，我想盜用尼采研究希臘悲劇、所指陳的兩種精神中的酒神精神Dionysian，來形容他們。

酒神精神，以摧毀生存時常遭遇的囿束與限制、而追求生存的價值。抱持此種態度的人，總試圖在最珍貴的時刻，從五官所加諸的囿限之中解脫出來，以邁進另一個經驗層次，無論在個人經驗或儀式活動，酒神精神總是想要將之推擠到某種過度的狀態。

尼采認爲，酒醉是此種情緒狀態的最恰當類比，因此他格外珍視情感在此種狂亂時所發出的火光。當然也有人認爲音樂或他種藝術活動也可堪匹擬；更有人（北美洲的印地安人）身體力行的取食毒性的大花曼陀羅或某種仙人掌果實，以尋求衝破現實處境的幻覺世界。

我則認爲，同性戀、酒神後裔的交歡狀態才是最恰當的類比，因爲我的一名同性戀朋友在描述他與男伴交接的激狂神馳，完全與尼采指陳的酒神精神完全一致，甚至只會猶有過之。

當然，必須釐清的是，酒神文化中的兩項主要特質：狂放精神和繁生崇拜，後者的功能自始就被同性戀者去勢，前者遂得以加倍的、極化的發展，所以，我們還會吃驚於這些酒神的後裔、爲渴求狂烈的生活經驗、時時想衝破日常的感官囿限所作的種種令我們瞠目結舌的行止嗎？（當然此中以尋求最直接的肉體交歡爲最多也最容易，但也有爲數不少的人致力於精神上的繁衍後代，創作出各種形式的藝術作品及表現。）

持平的說，作爲同樣是人類一份子的我們，有時確實不得不感激他們做了我們不敢做的（不顧後果的勇於衝撞人類積幾千年堪稱已開發殆盡的疆界），儘管那往往與死亡或敗德僅一線之隔，儘管他們所開發的領域，常令我們之中的大多數人所不忍逼視或視如蔽屣。

但是在此同時，他們可能也必須對此付出代價——當然不是愛滋病——，英國詩人William Blake說過「過度，乃是獲得智慧的途徑」，他們對自己的種種過度作爲（最常以肉體慾望的追逐放縱被人所辨識），實難辭其咎。

當然，酒神的後裔也有多種形態，正如同爲數最多的異性戀者中也兼具各式人種。此中我較不感興趣的是環境造成的那種（如單性學校，監獄，軍隊）；我也不好奇純粹躭美於肉體冒險、如我的一位雙性戀朋友告訴我，他的妻子無法給他的直腸交和「被騎」的極度快感；我甚至不想跟老愛炫耀他們的族群是如何超凡出衆的此中佼佼者爭辯，確實，他們或多或少都有些水仙花情結，以致在異性戀關係中、男性所無法享受到的被追逐被取悅乃至被騎，轉而在同性戀關係中可以充分享有。

這麼說吧，你能想像一個習慣在聚光燈下（人生或眞正的舞台）顧影自憐、愛戀自己像隻正條理羽毛中的天鵝的明星或舞者，會在現實生活中輕易放下身段、主客易位的展開種種手段去追求女性嗎？不，他仍然只能夠被欣賞、被追逐、被具攻擊性求偶的雄性所追逐（千年神話已告訴我們，癡情若愛柯女神都無法追到他），這或可說明，九一年十二月一日世界衛生組織發起的「愛滋日」當天，美國共有近四千個藝術組織在當天舉行「沒有藝術的一天」。

我對那稀有的、凋零殆盡的柏拉圖後裔感到好奇。

他們彷彿像是最好時代的聖徒的生活，自矜自持，無法同流合污，他們可以嚴苛的與自己爭辯數十年（願不願意承認自己的性向？能不能接受承認性向之後再也不同的生活？……）卻不願一夕對自己的肉體放鬆，他可能身處在紐約一家天主教堂改裝成的Disco，小小的一間像蒸汽房似的屋子，目睹二三十人擠著集體性交，心靈卻寂寞空白若那從未被人迹踐踏過的南極冰雪。

他們這樣的人，儘管已瀕臨滅絕，人群中卻並不難辨認，屈原既放，行吟澤畔，顏色憔悴，形容枯槁。不管他們身處何處（*Esquire* 雜誌披露的男色特區 The Spike、Hellfire Club、Plato's Retreat……），他們都只彷彿汨羅江邊披髮行吟的屈原。

但是我並不希望你因此誤會，我有意把精神戀愛標高於一切戀愛的形態之上，與其說我們這些無法脫離肉體戀愛的羨慕他們的不爲肉身所役，不如說，我更珍惜他們通體澄明的自愛自重，同樣做爲異於其他動物的「人」這種動物，他們大概是唯一尚在盡力維持並發展這種差異的族群，所以無論把他們放在哪一個領域（更不用說異性戀或同性戀），都是值得珍惜尊重的。

相形之下，截至目前爲止爲數最多的異性戀者，彷彿是一群從未進化的野蠻人，健康、盲動、天眞爛漫、愚蠢的依本能盡職的繁衍子孫，當然因此也享有附加價值的肉體娛樂。他們所發生的各種可歌可泣或可憐可笑的愛情故事及其產品（不是小孩，我指的是文學、詩歌、美術等藝術作品），本質上，與最後一次冰河期前、一名原始人扛著一隻草食獵物、喜孜孜的回洞向女原始人求歡交配並無不同。

——我快洩露了我的身分了?!那末，讓我盡可能持平的也給異性戀者一個身分吧——日神的後裔，我但願這個譬喩不致於勉強。

相對於酒神，尼采指陳希臘悲劇的另一主要典型：日神式的（Apollonian）。日神的後裔，永遠無法想像酒神子民的那些狂亂經驗到底是怎麼回事，少數有機會觸及的，也會想辦法把那類令人不安的經驗、從思想言行之中排除掉，乖乖的回到他們所熟悉的領域之內，謹愼的不偏不倚，既無欲望也無好奇去一探人類心靈或肉體的邊際。

他們無法容讓自己陷入迷亂失控的狀態，尼采說，甚至在狂喜中，他們都依然故我，維持著他公民的身分。

沒錯，公民的身分，他們發明了令酒神後裔既羨慕又嫉妬且嘲笑的婚姻制度，並因此得以合法的、公然的取得可以使用對方生殖器官的權利，從而享樂之、被保障之、背負之、咒詛之、逃跑之、財富重分配之（在某些文化傳統中，婚姻是傳襲財產的重要方式）……

說來可怕，儘管這些爲數龐大的日神後裔是如此的天眞無邪，而幾千年來，我們卻將絕大部分的共和國的建構重任交由他們設計掌管並執行，其中若有何違隔，輕者被哂爲唐吉訶德，重則整個社會全面戒備、如臨大敵，需要提醒嗎？幾世紀以來，兩性關係中長居弱勢的女人就不斷的被如此教導：「妳，什麼都不是，妳只是妳的性罷了！」

女人之後，接著是少數民族、殘障、青少年……等等我們所熟知的各種弱勢團體，難以共容於健康明朗、陽光普照下的日神共和國。

至此，我們還會奇怪日神後裔的三不五時想處置一下酒神的後裔嗎？

百年來，共和國先推派精神醫學來介入、控制同性戀，起先想把他們關起來，接下去又想治療他們，他們有時被宣稱爲荒淫之徒，有時被視爲素行不良，更常被當做瘋子或性變態。

他們所因此遭到來自共和國的諸如歧視、斷絕親屬關係、送入精神病院、電擊治療、監禁、隔離……，我以爲並非因爲他們與共和國的社會道德規範、是如此明顯的格格不入，以致觸怒違犯日神後裔，而是這些日神族的，實在只是出於不自覺的本能反應（爲維護、延續人類繁衍後代）所做的種種急亂荒唐的處置罷了。

對此，我對日神後裔也多有同情，正如同我們感謝珍惜酒神後裔爲我們開疆闢土，我們是不是也該出於禮貌的表示感激一下異性戀者以前、以後所爲我們做的繁衍後代的重任？並容忍他們隨之所衍生的自衞過當的舉措。

大概我無法同情的是純純粹粹追逐肉體享受的雙性戀者，他們通常不是性別倒錯、變性慾者，腦前葉也完全與異性戀者無異，自然也並沒有無法對女人發生感情和肉體慾望的問題。他們有選擇的機會和自由，但通常在有女情人或女妻子的情況下，仍不捨、甚至選擇了男人（並非像前者是出於被迫的）。

對這個問題，我聽過最多的答案是：男人與男人做愛的激狂頂點，遠不是男人與女人所達到的高潮可比——這多麼令日神後裔不解和豔羨和無法置信。

但是，我是相信的。

我相信去除掉感情的因素，男人與男人的高潮絕對勝過男人與女人的——別又揣測我的身分，實在是因爲這在理論上，是說得通的。

首先，我們不能不承認，兩性在先天上確實存在著極大的差異。

一名健康正常的男性，一生中所能出產的精子，若隻隻中的，可以製造出無數倍地球的人數；而一名女人，一生至多只能生產四百個卵子。在產量相差如此懸殊的情況下，男人遂有到處撒種的本能衝動，因此他在性活動上的表現是主動的、具攻擊性的。

女人呢？她的機會就明顯的少多了。她必須爲數目有限的卵子精選好品種，在沒有避孕技術可言的人類長期演化歷史中，她深知性行爲的結果是孩子（儘管爲數甚衆的原始人並不清楚了解、男女交合那一刻所發生的微妙生殖細節，而歸諸如做夢、風、河裏洗澡，及其他種種象徵物或大自然現象），她必須懷孕九個月，她必須時刻不離的撫育幼兒至少數年，在這一長段時間裡，她幾乎喪失掉自謀生存的機會與時間，而必須完全指望和仰賴給她種子的那個主人。

出於如此現實問題的考慮，她必須仔細小心的比較、挑選可能給她保障和安全的性伴侶（這也是我之所以堅持人類的進化其實大部分是取決、操控於女人的原因，因爲「人類品種」的挑選和決定的關鍵，並不在隨意四處撒種的男人，而是在精挑細選的女人），因此她們的性活動趨向保守、謹慎、瞻前顧後。

她們彷彿是化學元素中的惰性元素。相較之下，男人就是活潑不安定的元素。

若我們把人與人之交合比做化學實驗，不就很清楚了嗎？常識告訴我們，惰性與惰性幾乎不會起任何化學反應，活性與惰性的化學變化也可以想像，那麼活性與活性呢？劇烈、迅速、不需任何催化劑、充滿危險性、並釋放出大量的光和熱——例如硝酸甘油。

我的一名獨身雙性戀男友曾經告訴我，他與再淫蕩的女人的瘋狂，都無法百分之一及得上他與他的男情人，他們的第一次化學實驗，方圓百里盡成廢墟。

讓我們盡可能擺脫日神共和國的道德規範來做個結論，精神戀愛者（異性、同性戀）彷彿是行過戰場廢墟的聖徒僧侶們；異性戀者彷彿動物界脊索動物門哺乳綱靈長目的人科人種；酒神後裔彷彿戴奧尼索斯及其身旁那群半人半羊的潘恩；雙性戀者，便是半截人身也不存在的獸（發誓此用詞確實不帶任何價值觀）。

然而我們是否遺漏了另一個至爲隱密、以致我們差點眞正忘了的族群？她們是化學元素裡的惰元素與惰元素，不生變化，不發火光，不見詭異的顏色，我不曉得該如何稱呼她們，她們至爲甜美，如同明迷清涼的陽光下的春風蝴蝶。

我不得不再提及傅寇的一段非常詩意動人的言詞，說的是他所身屬的酒神後裔，他說，對同性戀者而言，愛情最美好的時刻是，當你的愛人走出計程車時；當性行爲已經結束，那個男孩已經離開，你開始夢想著他的體溫，他的聲調，他的微笑。在同性戀關係中，最重要的是回憶，而非期待。

我以爲隨意一名春風蝴蝶女子願意說出僅僅屬於她們的情感的話，絕對不遜於大師之言，無論實質內容或其動人詩意。

爲什麼我會如此肯定呢？

首先，我以爲有必要向你介紹或提醒一種至難描述的感情（我選擇用這個比較不帶價值色彩的字眼兒，而捨棄不用多解的、歧義的愛情二字），一種純純粹粹的感情，因此不涉及肉體、不涉及肉體所帶來的種種歡愉、及其衍生的各種痛苦煎熬（還需要我舉例嗎？如佔有、妒嫉、飢渴、怨毒……）。

先別急著否定說你對此從無經驗、甚至也因此不相信世上會有這種感情，總之不管你是男是女，我請你認眞的回憶，也許並不很容易，遙遠的靑春期、尙未有第二性徵及其帶來的種種心理上生理上的奇怪感覺之前……

有了，那個小小甜蜜的情人遠遠站在時間大河的那一岸是不是？在未搬家之前，你們互相愛戀了好幾個覺得好長好長的暑假和冬天，你們全心的對待彼此，從來沒想過回報，因爲並沒有「佔有」與否的問題；你們的感情表達再簡單不過，各種鬧亂的童年遊戲中、隔著重重人影不爲人知的相視一笑，其深深撼人心魂深處遠勝過成人後的大量語言與交換體液；你們甚至夜夜都睡得好安穩，並非因爲第二天、天天反正一定見得到彼此，實在是身體無法有慾求渴望；她搬家離開的那一刻你也沒傷心沒掉淚，因爲不知道形體的不能再在一起代表什麼意思。

我說的就是那種感情，縱使仍然有佔有、妒嫉、憤怒，也大不同於成人以後、根植於肉體所發出的毒佔有、毒妒嫉、毒憤怒，沒錯，只要有感情、源自肉體的感情，就像是中毒、著魔，長了癌腫，是的，健康明朗的日神戀愛較之童稚之愛，竟顯得如同重病之人。

成人以後，再也沒有了……

你懷念嗎？

你嚮往嗎？

（多像什麼產品的廣告詞……）

春風蝴蝶之女子，她們的感情正就是如此。

惰性元素與惰性元素，她們對性愛活動並不熱衷追逐，專業的性醫學研究統計——出乎外界略帶惡意的揣測預料之外——她們甚少使用電動棒或彼此手淫，她們之中扮演Tomboy的極端者也罕有penisenvy陽具妒嫉，她們甚至少有不愉快的異性經驗，異於我們認定的、她們一定是沒有男性追求或失戀、離婚、性冷感、被遺棄……

你說我又祭起精神戀愛的大纛!?你說我根本就是個藏頭露尾的女性主義者或女同性戀!?

關於前一個問題，我以爲就算是酒神後裔中的柏拉圖門徒、和春風蝴蝶女子也有極大的不同，前者固然基於種種原因（潔癖、鄙視、自愛、理性……），似神職人員或僧侶般的禁慾和拒絕肉體，但這並不表示其精神上也可隨同肉體一樣成功的做到無慾無求，相反的，肉體上的棄絕，往往必須加倍的在精神上得到補足，你可以想像的，一名只想要神交的柏拉圖男子最常碰到的待遇就是：要求肉體不遂的伴侶不斷的離去（連同形體和精神）。

不要苛責他們，在今天，在爲數衆多的日神共和國中，又能找到幾個只肯談精神戀愛的人呢？

所以，你還會奇怪他們爲何顏色憔悴、形容枯槁、宛若披髮行吟的屈原嗎？

我的柏拉圖朋友告訴我：習慣做一座孤島，習慣於在那像給蛀空的房子，大晴天看飛鳥的影子滑過，習慣於把自己的心搗得不能再碎爛，習慣於那慣性的顚狂，我還有什麼不能習慣的……

這怎麼會相同於充份享受精神慰藉、彼此相濡以沫、並不被肉身所役的春風蝴蝶女子呢？儘管她們得到的待遇不盡公允，比如我們很容易聽到平常人的輕率發言：「同性戀，一想到兩個大男人抱在一起好噁心！兩個女的還可以忍受。」

但是在爲數衆多的文學或藝術作品中（無論是不是同性戀作品），女體固然常是描述的對象，但也僅只等同於像其他美麗事物或等而下之的消費商品一般，從來無法像男體似的被作者傾盡全力的描述處理，實在對他們而言，女人，無論身裁好壞容貌妍醜，只是，只是一堆脂肪罷了，黑暗時期的某神學家不是就既吃驚又自認公允的宣稱：「女人是有靈魂的！」

你說，不管我是不是個女性主義者、或因此可能觸怒我，你必須提一些反證。

你認爲女同性戀哪有如此的精神和如此甜美!?我當然知道你要提起前不久、以汽油活活燒死她的愛人的某大學心理系講師，其實我還可以幫你補充：聞名國際的女橋牌手魏重慶夫人及其女伴的大鬧公堂，更不用說網壇兩代球后金恩夫人和娜拉蒂諾娃各自的愛情悲劇了。

並非遁詞，我必須說明，她們也如同共和國或酒神界一樣，各式人種皆有，但是，同一個事例從相反一面來看，不是也足夠讓我們好奇：未涉、或低程度依靠肉體所產生的感情，可以如此的濃烈、持久、無可磨損、甚至暗中不斷長大，不是也可以說明很多事情嗎？

根據你我得自媒體報導的瞭解，該名心理系講師追求她的女伴爲時十數年，不僅無視女伴的結婚生子，甚至爲求能增加自己的競爭力，遠去歐洲花數年取得學位，好辛苦可憐的服從女伴丈夫所屬的雄性世界的生存競爭規則。

我承認，其實除了羨慕之外，我對女同性戀者的確一無所知，她們到底是怎麼開始的？爲什麼變成？爲什麼中止？爲什麼可以中止？爲什麼還會再發？潛伏期長短到底如何？……

老實說，她們是如此的精神（可以分別數十年而感情熾烈未有磨損，如鑽石，如保特瓶），如此的恬靜不張揚（以致共和國往往因爲未察她們的存在而沒做任何處置），如此的難以捕捉到令人、令人發狂的地步。

我的妻子——終於，我透露了我的身分——我們一直都是幸福快樂的日神共和國的好公民，因此我鄙視兩三個在成功嶺、在男生宿舍引誘騷擾過我的酒神子民，我且從來不知道女同性戀，以爲那不過是女校時代、女孩子們藉以打發無聊生活、自以爲是所捏造出來的。

所以我怎麼可能有暇去妄想男性與男性的交接?!我熱病不退似的愛戀著我的妻子，從我們婚前、婚後、到她爲人母，我甚至非常著迷於她體重略增、腰身不再緊俏的媽媽妻子模樣，覺得她溫婉如玉、如文藝復興時代所塑的希臘女神像。

結婚十幾年，我老覺得還沒看夠她，仍然興致不減的有空就把她褪去衣服，燈下癡癡的審視清楚，請不要誤會我有什麼狂什麼癖、或把做爲女性的妻子當作玩物，事實上，她也以非常熱烈的愛嬌回應我。所以我怎麼會相信男子與男子的交合會勝過我們的（儘管前面我說過，若去除感情的因素。我相信男人交合的高潮絕對超過男人與女人的，但請注意，前提是，必須去除感情的因素。）

——我不該發現那兩封信的……

你猜到了嗎？

我還是要講給你聽。

她在唸大學、認識我之前，有很多好朋友，其中A是她最常說的，話題無非是A的感情生活有多豐富（在我們男孩子看就是私生活很濫的意思）、成天換男朋友之類的。

妻常常不帶評價的這樣敘述，當然還包括A是如何的有才氣，是該系系花、學校重要社團的負責人，以及甚早就參加校外的很多活動……，妻是典型的乖乖女學生，說起A的種種行徑，卻也沒有羨慕和嚮往的意思。

我始終都沒見過A。

結婚時，A的賀卡夾在衆多賀卡中也不醒目，她那時好像在紐約唸書，尋常祝福的話之外，只說她目前與某某男子（我也不認識的）同居。

隨後的幾年，A並不是穩定與妻保持通信的朋友之一，她每隔兩三年、或聖誕節、或妻的生日才會出現一下，賀卡無法多寫什麼，寫了也語多平常，只一次讓我輕笑一聲，她說目前一個人吃飯、一個人出入。

那個冬天的週末晚上，我和妻嬉戲到半夜，事後我疲倦的很快沈沈睡去。醒來時，天已亮了，身邊不見妻，她伏在不遠的桌上睡著了，桌燈開著，她隨意披一件我的外套，不掩裡面赤裸美麗的肉體，及其散發出來的我的煙味和體味。是桌上的聖誕卡及她所寫的回信，阻止了我的想再鬧她。

聖誕卡是A寫來的，幾天前寄來時我就看過的，現在卻忽然一字一字迸跳出來……，感情生活閱人多矣的A這樣說，寫信的前一晚，她剛看過百老滙的某某歌劇，返家途中，車過布魯克林大橋，看著整個城市的燈火夜景，想到某某首音樂，想到以前——，其實，就僅僅如此。

我的心臟卻不知爲何跳成這樣，我偷偷（因爲從沒如此做過）抽出妻未封口的回信，寥寥不過兩三行，我所熟悉的妻的筆跡這樣寫道：十幾年來，我經過戀愛、爲人妻、爲人母，人生裡什麼樣形態的感情我都經歷過了，唯覺當初一段與你的感情，是無與倫比的。

………

畢竟，我失敗了。

我承認，我沒有摘成任何人的桂冠，我甚至也失去了當初想爲她們——春風蝴蝶女子——加冕的勇氣。

我沒有任何話可說了……

所以，最後一個離開共和國的（不管你是誰），請不要忘了關燈，並忘記它的黑暗。

發表索引

我的朋友阿里薩	「中國時報」人間副刊	一九九二年二月十八—三月十一日
想我眷村的兄弟們	「中國時報」人間副刊	一九九一年九月十—十一日
從前從前有個浦島太郎	「中國時報」人間副刊	一九九〇年十一月二十八—三十日
預知死亡紀事	「聯合文學」	一九九二年四月號
袋鼠族物語	「中時晚報」時代副刊	一九九〇年八月二十六—九月六日
春風蝴蝶之事	「中國時報」人間副刊	一九九二年四月

國立中央圖書館出版品預行編目資料

想我眷村的兄弟們/朱天心著.
-- 初版. -- 臺北市: 麥田出版;
臺北縣新店市:農學社總經銷,民81
面: 公分. --(麥田文學 ;1)
ISBN 957-708-000-6(精裝). --
ISBN 957-708-001-4(平裝)

857.63　　81001531